KB040728

꽃이 사람이다

나태주
산문집

꽃이

사람이다

꽃 내음
그윽한
풀꽃문학관 편지

샘터

공주 풀꽃문학관이 문을 연 것은 2014년의 일이다. 올해 2024년은 10주년이 되는 해. 어떻게 그 10년을 지내왔는지 모르게 지내왔다. 더구나 올해는 새로운 문학관이 지어져 다시금 개관하도록 되어 있는 해. 전혀 가능하지 않은 일이 가능하게 되었고 전혀 없던 것이 있게 되었다. 생각해 보면 그 자체로 놀랍고 고마울 뿐이다.

이러한 풀꽃문학관을 두고 지난 10년을 돌아보는 심정으로 책을 한 권 쓰고 싶었다. 그래서 쓴 책이 바로 이 책이다. 책의 내용은 봄이 오는 길목에서부터 여름이 시작되는 즈음까지, 구체적으로 말하면 '머위꽃'을 볼 때부터 '부레옥잠'을 만날 때까지의 기록이다.

무엇보다도 그동안 풀꽃문학관을 찾아준 분들, 멀리 가까이 풀꽃문학관을 사랑해 준 분들에게 기념품으로 드리고 싶었다. 왜냐하면 새로운 문학관 건물이 완공되면 현재의 문학관은 과거의 기억으로 밀려날 수도 있을 것이기 때문이다.

현재의 풀꽃문학관을 개관하면서 나는 새로운 삶을 살았다. 문학관 빈터에 꽃밭을 만들고 꽃을 심어 가꾸면서 아주 많은 일을 해야만 했다. 어쩌면 생애 가운데 가장 많이 들일을 하면서 산 날들이었다 할 것이다. 그러면서 나는 많은 것을 배우고 많은 것을 새롭게 깨달았다.

애당초, 글을 쓰면서 글 내용에 어울리는 사진도 함께 찍어 짝을 맞추었는데 출판사에서 그 사진을 기본으로 예쁘고도 특색 있는 삽화를 그려 책을 장식해 주었다. 뜻하지 않은 호사요 감사다. 여전히 어려운 시기에 의미 있는 책을 내주시는 샘터사 김성구 대표님과 고혁 편집장에게 감사의 말씀을 드리고 싶다.

2024년 신춘

나태주 씁니다.

차례

1장

그럴 수 없이 고맙고 기쁘다

2장

봄이 와서 기쁘냐, 나도 기쁘단다

3장

너를 두고 내가 어찌하면 좋으랴

4장

다시 꽃 필 날 기다려도 좋을까

1장

그럴 수 없이
고맙고
기쁘다

지천의 세상

요즘 풀꽃문학관은 더할 수 없이 썰렁하다. 누구는 와서 풀꽃문학관인데 왜 이렇게 썰렁하냐고 투정을 하기도 한다. 더러는 일본식 집, 적산가옥인 것을 언짢게 여기기도 한다. 그럴 때면 나는 봄이나 여름이 되어 와보면 괜찮을 거라고 변명을 한다.

변명이긴 하지만 아주 근거 없는 건 아

니다. 봄이 되면서 늦은 가을까지 우리 풀꽃문학관은 그야말로 풀꽃들의 천국이다. 그야말로 풀꽃들이 지천으로 피어 있는 것이다.

얼핏 써놓고 보니 위의 두 문장 속에 모순의 단어들이 맞서 있음을 본다.

천국(天國)이란 말과 지천(至賤)이란 말. 천국이란 말은 '하늘나라'란 뜻으로 아주 귀하고 높고 아름다운 세상을 이르는 말이다. 그런데 지천이란 말은 '아주 천한 것'을 이르는 말이다. 사전 풀이가 그렇다. '1. 더할 나위 없이 천함. 2. 매우 흔함.'

그런데 그 두 개의 말이 버팅기지 않고 잘 어울려 함께 자리함을 보면서 잠시 놀라는 마음이 된다. 아, 천국은 '더할 나위 없이 천하고 매우 흔한' 것들이 모여서 이루는 세상이구나. 그것이 정말로 가장 좋은 것이고 아름다운 것이고 귀한 것이구나!

그건 정말 그렇다. 올해도 봄이 되면 어김없이 풀꽃문학관 뜨락이며 화단 여기저기에 풀꽃들은 피어나 다시금 지천의 세상을 이루고 그들의 천국을 보여줄 것이다. 그런 생각을 하면 풀꽃문학관의 적막을 조금은 견딜 만하다.

해마다 봄은 쉽게 오지 않는다. 멀리서 망설이면서 더디게 더디게 온다. 발자국 소리만 들려준다든가 숨소리만을 미세하게 들려주다가 어느 날 벼락 치듯 달려온다. 아니, 온 세상을 덮어버린다. 올해의 봄은 또 그렇게 올 것이다.

게다가 봄은 오기 전에 슬픈 소식을 앞세워 오기도 한다. 깜짝 놀랄 만한 사건 사고를 앞세워 오기도 하고, 누군가 소중한 사람이 하늘 나라로 돌아갔다는 소식을 데리고 오기도 한다. 기쁜 봄이기 이전에 힘들고 슬픈 봄으로 먼저 온다. 그건 작년 봄에도 그랬고 올봄에도 그러했다.

사실 나는 젊은 시절 가을과 겨울을 좋아했던 사람이다. 그런데 나이가 들면서 봄과 여름을 좋아하는 사람으로 바뀌었다. 특히 추운 겨울을 이기고 오는 봄이 좋다. 덩달아 어떤 승리감 같은 것을 느낄 수 있어서 좋다.

머뭇거리면서 오는 봄. 그러나 오늘 아침, 봄이 한 걸음 가까이 다가온 것을 느낄 수 있었다. 기온은 어제보다 더 낮았지만 바람의 느낌이 달랐고 하늘빛이 달랐다. 매살스러운 바람이 그 가슴에 알싸한 골파 냄새 같은 것을 품고 있었던 것이다.

특히나 하늘, 쨍하니 맑고 깊은 하늘이 결코 어제의 그것이 아니었다. 그야말로 미세한 변화의 조짐이다. 하늘에 새하얀 구름이 가볍게 떠서 빠르게 지나간다. 한사코 흘러 구름은 어디로 가는 걸까? 구름은 우리 마음도 함께 데리고 멀리까지 가고 싶어 한다.

젊은 시절엔 저러한 구름을 보면 나도 또한 어디론가 흘러가거나 머언 곳으로 떠나야겠다는 알지 못할 유혹에 빠지곤 했다. 그러나 지금은 그렇지 못하다. 봄이 가까이 오고 있는 것을 마음으로는 충분히 잘 알지만 몸으로까지는 그것에 반응하지 못하는 것이다. 내가 나이가 들기는 들었나 보다.

머
위
꽃

　아침마다 문학관에 나가면 집 주변을
한 바퀴 돌고 화단을 둘러보는 것이 하나
의 일과다. 어제도 오늘도 그렇게 문학관
을 돌았지만 문학관 어디에서도 새롭게
솟아나는 봄꽃의 조짐을 만나지는 못했
다. 희끄무레, 언제나 봐도 변함없는 겨울
의 모습일 뿐이다.
　그런데 의외의 장소에서 의외의 꽃을

만나게 되었다. 그것은 문학관 올라가는 길 오른쪽 돌
담에 피어난 머위꽃이었다. 며칠 전의 일일 것이다. 그
날도 무심히 문학관 오름길을 가고 있었다. 그런데 오
른쪽 돌담 사이에 무언가 노리끼리한 물체가 보였다.

무얼까? 걸음을 멈춰 들여다보니 그것은 머위꽃이
었다. 그 자리에서 해마다 머위가 자라고 있었는데 그
머위가 봄이 되어 새싹을 내밀기 전에 꽃부터 내밀고
있었던 것이다. 놀랍다. 머위. 머위꽃. 머위는 우리나라 산야에 흔하게 뿌리 내려 자라는 숙근초 가운데 하나다.

우선은 새봄에 그 여린 잎새를 따서 밥솥에 쪄서 먹으면 그럴 수 없이 좋은 반찬이 된다. 양념에 무쳐 나물을 해서 먹어도 좋고 쌈을 싸서 먹어도 좋다. 쌉쌀한 맛이 식욕을 돋우는 역할을 해주기도 한다. 더 자라 5, 6월쯤 잎새가 쇠고 줄기가 커지면 줄기를 잘라 또 그것을 나물로 먹거나 국을 끓여 먹기도 한다.

거기까지가 우리가 아는 머위에 대한 상식이다. 나부터도 그런 머위가 이렇게 꽃을 피우는 줄 잘 알지 못했고 또 그 꽃이 이렇게 일찍이 피는 줄은 더욱 몰랐다. 그야말로 '자세히' '오래' 보지 않은 까닭이다.

머위꽃. 대단하다. 바위틈을 비집고 나오는 그 뚝심도 그렇거니와 그 모양새가 대단하다. 무슨 주먹을 불쑥 하늘로 내미는 것만 같다. 뭉뚝한 것이 매우 남성적이다. 여기 있소! 내가 이렇게 맨 처음 봄을 데리고 왔단 말이오! 항변하는 것만 같다.

어쨌든 머위꽃은 올봄 우리 문학관에서 내가 제일

먼저 만나는 봄꽃이다. 오며 가며 녀석과 눈 맞춤하며 한 발씩 다가오는 봄의 숨결을 느껴야겠다. 머위꽃의 힘찬 기개를 나도 닮아야겠다. 올해도 내가 살아서 봄의 사람인 것이 그럴 수 없이 고맙고 기쁘다.

*

더러는 머위꽃을 일러 겨울을 이기고 제일 먼저 꽃을 피운다 해서 유식하게 멋을 부려 관동화(款冬花)라는 이름으로도 부르는 것 같은데, 이는 매우 비현실적인 생뚱맞은 이름이고 그 실에 있어서는 관동화하고도 맞지 않는 이름이라 한다. 이 또한 언어의 호사 취미가 아닌가 싶다.

도
장
지

　오늘은 풀꽃문학관의 나무 가운데 도장
지를 잘라주었다. 지난해 비가 많이 내린
날씨 탓이었던가. 그동안 보이지 않던 도
장지가 여기저기 나무에 자라 있었다. 특
히 보리똥나무라고도 불리는 보리수나무
에 도장지가 많이 붙어 있었다.

　도장지(徒長枝). 그것은 웃자란 가지를
말한다. 나무 옆구리 땅에서도 비집고 나

오고 이미 자라 있는 나뭇가지에서도 뻗어 나오는데, 유난히 굵고 곧게 자라서 멀끔해 보이고 잘생겨 보이기도 한다. 사람으로 치면 우량아 같아 보인다.

하지만 아니다. 나무를 기르는 사람들에게 물어보면 도장지는 제거해야 하는 가지라 한다. 그냥 두어도 꽃을 피우지 않고 꽃을 피우지 않으니 열매도 맺히지 않는다고 한다. 과일나무라도 쓸모가 없고 꽃나무라 해도 쓸모가 없다는 것이다. 결론은 잘라주어야 한다는 것이다.

도장지를 잘라주면서 나는 생각해 본다. 사람 가운데도 이렇게 멀끔하게 보기 좋게 자라기만 했을 뿐 쓸모라고는 별로 없는 대상은 없을까. 젊은 시절 내가 그런 인간은 아니었을까. 요즘 아이들 가운데 이런 아이들은 없을까. 심히 걱정스러운 마음이기도 했다.

모름지기 사람이든 식물이든 쓸모가 있어야 한다. 쓸모란 필요를 말하고 생산을 말하고 유익을 말한다. 어떤 세계든 쓸모 있는 존재가 되려고 애써야 한다. 쓸모가 존재 이유이다. 그렇지 않을 때 오늘 내가 전지가 위로 잘라버린 도장지 꼴이 될 것이다.

시를 두고서도 쓸모를 생각해 본다. 도장지처럼 웃자라 겉으로만 멀끔하니 보기 좋고 헌칠한 시가 아니라 외모나 내용은 조금쯤 빈약할지라도 독자들의 요구를 충분히 들어주면서 독자들에게 친절과 도움을 함께 주는 그런 시가 되어야 한다. 날마다 그렇게 나는 뜨락에서 배우고 생각한다.

　오늘에서야 겨우 복수초, 꽃을 만났다.
얼음새꽃이라고도 불리는 꽃. 봄이 온 것
을 제일 먼저 알려주는 꽃. 며칠 전부터 문
학관 직원 한 팀장으로부터 복수초꽃 한
송이가 피었다는 말을 들었지만, 번번이
문학관에 나간 것이 오후 시간이라서 꽃
을 보지 못했다. 워낙 녀석이 향일성이 심
해서 오후 시간이면 꽃송이를 오므리곤

해서 그랬던 것이다.

　오늘은 3월 6일. 문학관에 나간 시각이 오전 9시 30분. 기어이 복수초를 보았다. 두 송이의 꽃. 올해 들어 처음 본 꽃이다. 노랑이라도 샛노랗다. 어디서 그런 황금빛 노랑을 데리고 왔는지 놀랍고도 눈이 부실 따름이다. 두 송이 꽃 가운데 꽃송이가 큰 녀석은 먼저 핀 꽃이고 작은 녀석은 나중에 핀 꽃인가 보다.

　이른 봄에 피는 꽃은 거의 모든 꽃이 노란색이다. 우선 복수초가 그렇고 개나리, 민들레, 영춘화가 그렇다. 그래서 나는 하나님이 제일 먼저 돌려주시는 색깔이 노랑이라고 생각한다. 노랑이야말로 가장 강력한 색깔이고 인내심이 또한 강한 색깔이라고 또 생각해 본다.

　노랑은 실로 희망의 색깔. 내가 이렇게 겨울을 잘 보내고 복수초를 보았으니 올 한 해도 살아갈 희망이 생긴 것이다. 자신감을 얻은 것이다. 비록 작은 꽃송이 둘이지만 복수초는 나에게 커다란 희망의 깃발을 꺼내어 하늘 가득 휘두르고 있는 것처럼 보였다. 그래, 그래. 고맙구나, 복수초야.

내 생일날은 3월 17일. 해마다 나는 이맘때만 되면 몸이 아프다. 그걸 나는 내가 다시 어머니 배 속에서 세상에 나갈 준비를 하느라고 그런 거라고 생각해 왔다. 올해도 어김없이 나는 몸은 아프고 힘이 부친다. 그렇지만 복수초를 다시 보았으니 이 얼마나 좋은 일인가. 그래서 복수초란 이름에 복 복(福) 자, 목숨 수(壽) 자가 들어 있는 건지 모르겠다.

봄까치꽃

2, 3일은 게을렀나 싶다. 번거로운 일이
있어 문학관 뜨락 살피는 일을 걸렀더니
문학관 뜰 여기저기 아주 많은 변화가 일
어났다. 수선화와 맏무릇(상사초)이 부드
러운 초록빛 촉을 내밀기 시작한 것은 어
제오늘의 일이 아니고 복수초가 더욱 어
우러지게 피었고 백매화가 더욱 하얗게
꽃송이를 피웠다. 마치 새하얀 은하수 별

밤을 보는 것 같다.

그러나 오늘, 무엇보다도 놀랍게 내게로 온 녀석은 봄까치꽃이다. 본래의 이름은 큰개불알풀꽃. 꽃은 귀엽고도 예쁜데 왜 이름이 그리 상스럽냐며 이해인 수녀님이 '봄까치꽃'이라고 부르자 해서 나도 그렇게 부르는 꽃이다. 정말로 봄 편지를 들고 오는 우체부 같은 꽃이다. 연한 하늘빛 조그만 꽃송이가 가엾기까지 한 꽃이다.

우리 문학관 건물 옆으로 난 문 앞 뜨락, 디딤돌 사이에 녀석이 두 송이 새파란 꽃송이를 물고 나를 바라보고 있지 않는가! 그동안 그냥 그 자리 잡초가 나서 죽지 않고 겨울을 나고 있구나, 그렇게 생각만 하고 나자신도 여러 차례 밟고 지나갔을 것이다. 그런데 그 녀석이 꽃을 피워 나를 반기고 있는 것이다. 그것도 마거리트 틈새에 가엾게 끼어서 말이다.

미안하기도 하고 귀엽기도 한 마음으로 한동안 쪼그리고 앉아서 녀석을 보고 있었다. 자리가 자리인지라 주변이 워낙 후줄근하고 꾀죄죄했다. 그렇다 한들 어떠랴. 봄까치꽃은 제 몫의 꽃을 피우고 봄을 찬양하고 제 생명의 아름다움을 자랑할 뿐이다. 이런 데서도 나는 수월찮은 감동을 찾으며 강한 생명력 같은 것을 배우곤 한다.

반갑구나, 봄까치꽃아. 올해도 한 해 우리 잘 견뎌보자. 나는 봄까치꽃에게 마음을 다해 인사를 해본다. 이렇게 우리 문학관에서는 흔한 풀꽃조차도 귀한 가족과 같은 존재로 대접받는 경우가 많다.

영춘화(迎春花). 봄맞이꽃. 오는 봄을 제일 먼저 알아서 환영하는 꽃. 봄이 오는 길목을 지켜 기다리고 있다가 꽃을 피우는 꽃. 아무튼 좋다. 나무에서 꽃을 피우는 녀석들 가운데서 제일 먼저 꽃을 피우는 녀석이 바로 매화꽃과 더불어 영춘화다. 매화나무는 그럴듯한 줄기와 가지를 가진 나무인데, 이 녀석은 가지만으로 되어 있

는 나무다.

주로 언덕이나 담장 위에서 자란다. 그러면서 가지가 늘어진 채로 꽃을 피운다. 여간 멋스러운 것이 아니다. 나는 문학관 정원에 꽃을 심으면서 이 녀석도 심고 싶었다. 그래서 내가 다니는 공주중앙장로교회 뒤편 정원 언덕 위에 이 꽃들이 피어 있는 걸 알고 문학관 직원과 함께 가서 몇 가지 잘라다가 문학관 여기저기에 심었다.

문학관 앞의 정원 축대 위에도 심고 뒤란 축대 위에도 심었다. 여러 군데 심었는데 네다섯 군데 영춘화가 살았고 올해는 네 그루나 꽃을 피웠다. 축대 위로 축축 늘어져서 꽃을 피운 게 얼핏 보면 개나리꽃처럼 보인다. 그래 그런지 문학관 직원들은 물론이고 관광객들도 거기 그렇게 영춘화가 피어 있는 줄을 눈치채지 못한다.

어쩌면 봄이 그렇게 사람들 눈치채지 않게 살그머니 소리 없이 왔다가 가는 것이 아닌가 싶다. 그러면서 사람들은 말한다. 아직도 봄이 오지 않았노라고. 봄이 빨리 지나간다고. 이제는 봄이 점점 짧아진다고. 그렇지만 봄은 분명히 이렇게 우리 가까이 왔고 흐드러진 황금빛으로 영춘화 꽃잔치를 벌이고 있는 것이다.

눈여겨보는 사람에게만 봄은 봄이고, 미세하게 느끼는 사람에게만 봄은 봄이고, 또 마음을 다해 기다리는 사람에게만 봄은 봄이다.

개
구
리
를
캤
다

　아뿔싸! 올해도 그만 개구리를 캐고 말
았다. 작년에도 이맘때 화단의 꽃들을 정
리해 주면서 꽃 무더기의 뿌리 아래 잠들
어 있는 개구리를 캐내어 미안했는데, 올
해도 그만 개구리를 캐내고 말았다. 작년
에는 호미질을 하다가 그리됐지만 올해는
비질을 하다가 흙 속에 잠든 개구리를 깨
우고 만 것이었다.

문학관 주변에는 나무들이 많다. 가을에 떨어지고 겨울에 쌓인 낙엽들이 화단 구석구석 켜켜이 쌓여 있어 봄이 되면 그걸 치워주지 않을 수 없다. 그냥 놔둬도 되는 일이지만 명색이 풀꽃문학관이고 오는 손님들이 많으니 구저분한 꼴이 보기 싫어서 힘들어도 애써서 해야 하는 일이 그 일인 것이다.

오늘도 오후 시간 틈이 나서 대비를 들고 화단의 낙엽을 쓸었다. 한참 낙엽을 쓸고 있는데 빗자루 아래로 무언가 툭 튀어 달아나는 것이 있었다. 개구리였다. 화단의 흙 속에서 아직도 잠들어 있는 녀석을 내가 건드려 잠을 깨우고 흙 밖으로 꺼낸 것이다. 아, 내가 올해도 개구리를 캤구나. 개구리한테 여간 미안한 마음이 아니었다.

나는 비질을 잠시 멈추고 그 자리에 쪼그리고 앉아 녀석을 살폈다. 금방 잠에서 깨어나서 그런지 녀석은 힘차게 뛰지를 못했다. 풀쩍풀쩍, 두어 발자국 힘에 겹게 뛰더니 돌 틈으로 몸을 숨긴다. 몸에 묻은 흙 때문에 그렇게 보인 것일까. 몸이 매끈하지 않고 울퉁불퉁

했다. 산개구리이거나 옴개구리인가 보다.

아무러면 어떠랴. 우리 문학관 뜨락에 개구리가 산다는 것만으로도 다행스러운 일이고 신기로운 일이다. 그만큼 자연이 원형대로 보전되고 있다는 걸 증명하는 한 사례가 될 것이다. 감사한 일이다. 올해도 내가 개구리를 보다니! 그나저나 그 녀석 올해도 나와 함께 잘 살아서 우리 문학관 주변에서 숨 쉬는 아름다운 생명이기를 빈다.

*

일기 예보에 의하면 며칠 뒤엔 한 차례 봄비가 내리고 기온이 다시 내려간다고 그러는데 그런 가운데에서도 그 개구리 녀석 얼어 죽지 말고 잘 견디기를 빈다. 올해 또 풀밭 일을 할 때 녀석을 반갑게 만날 수 있기를 바란다.

어제 오후 시간, 문학관 여직원 안지연 양이 말했다. "원장님, 원장님, 우리 문학관 올라오는 길 옆 황매화꽃 수풀에 새집을 지었어요." 무슨 대단한 발견이나 한 것처럼 호들갑을 떨며 이야기해 주었다. "아, 그 새집 나도 알아. 그 새집은 올해 지은 게 아니라 지난해 새끼 쳐 나간 새집이야." "그래요?" 지연 양은 사뭇 실망스럽다는

표정을 지었다.

그렇다. 그 새집은 나도 보아서 안다. 지난해 황매화 꽃이 피고 나뭇잎이 우거졌을 때 어떤 새가 와서 집을 짓고 알을 낳고 새끼를 쳐 길러서 이소(離巢)까지 시킨 흔적으로서의 집이다. 어떤 새가 이렇게 봄이 오기 전 썰렁한 수풀 속 나뭇가지에 집을 짓겠는가? 그렇게 어리석은 새는 없다. 사람 눈에 띄었을 때 새집은 이미 비어 있는 집이고 과거의 흔적일 뿐인 것이다.

그래도 나는 출근길, 가방을 메고 가다가 잠시 멈춰 가방 속에서 카메라를 꺼내어 새집을 사진에 담았다. 이미 그곳에서는 사라진 새들의 지저귐이며 파닥거림이 가슴에 전해지는 듯 따뜻한 순간이었다. 올해도 나무 수풀이 우거져 우리가 내부를 들여다보지 못하게 될 때쯤이면 작년에 새끼 쳐서 나간 새들이 어미 새 되어 다시 이곳에 둥지를 틀지 누가 알겠는가.

꽃
이
사
람
이
다

복수초, 영춘화, 봄까치꽃, 백매화에 이
어 오늘 문학관에 새롭게 핀 꽃은 애기붓
꽃과 수선화꽃이다. 어제까지만 해도 꽃
송이를 물고 있더니 오늘 아침 햇빛에 그
만 꽃송이를 터트리고 말았다. 붓꽃으로
도 첫 번째 꽃이요 수선화꽃으로도 첫 번
째 꽃이다.

어떠한 꽃이든지 첫 번째로 피는 꽃은

반갑고 기쁘고 고마운 생각이 든다. 더구나 이 꽃들은 나에게 조그만 사연이 들어 있는 꽃들이다. 사연이라야 별것이 아니다. 꽃을 준 사람이 있다는 것을 그렇게 말하는 것이다.

애기붓꽃을 준 사람은 구재기 시인이다. 그는 내 고향 서천의 후배 시인인데 교직에서 정년 퇴임을 한 뒤 고향 집을 고쳐 살면서 거기서 꽃만 기르고 글만 쓰는 사람이다. 인생의 말년을 맑게 사는 사람이고 진정 자기가 하고 싶은 일을 하면서 사는 사람이다. 그가 지지 난해 나에게 선물한 꽃이 바로 애기붓꽃이다.

그리고 문학관에 있는 대부분의 수선화꽃은 내 고등 학교 시절 국어 선생님이셨고 나중에 공주교육대학교 교수로 오래 계셨던 김기평 선생님 댁에서 옮겨 온 꽃 들이다. 나는 선생님 복이 별로 없는 사람이나 어른이 되고 나이가 들어 살면서 김기평 선생님을 만나 사제 의 정을 깊게 나누며 산 것을 다행으로 생각하는 사람 이다. 바로 그 선생님 댁에서 옮겨다 심은 꽃이 문학관 의 수선화이고 그 가운데 하나가 오늘 아침 꽃을 피운 것이다.

이제 나에게는 꽃이 다만 꽃이 아니고 사람이기도 하다. 애기붓꽃은 그냥 애기붓꽃이 아니고 구재기 시 인의 대신으로서의 애기붓꽃이고, 수선화꽃은 김기 평 선생님의 화신으로서의 수선화꽃이다. 퇴근길 나 는 자전거를 타고 집으로 돌아오다가 잠시 새로 핀 수 선화 앞에 앉아 수선화꽃을 사진기에 담으며 선생님 생각을 해보았다. '선생님, 평안하시지요? 이곳에도 다

시 봄이 왔는데 선생님 계신 곳에도 봄은 다시 왔는지
요?'

하지만 애기붓꽃은 내일이나 모레쯤 서둘러 시들 것
이고 수선화꽃도 며칠 그렇게 피었다가 꽃송이를 내
리고 말 것이다. 이래저래 꽃송이 앞에서 그립고 애달
픈 마음이 아닐 수 없다.

진작부터 민들레가 피어 있었다. 다만
사람들이 모르고 있었을 뿐이고 눈길을 주
지 않고 있었을 뿐이다. 봄이 왔어요. 봄이
이렇게 또 왔다니까요. 민들레는 그렇게
외마디 소리를 지르고 싶었을 것이고 노
래라도 큰 소리로 부르고 싶었을 것이다.

해마다 겨울 날씨가 조금 풀리고 햇빛
만 조금 밝아지면 오래 참고 기다렸다는

듯이 피어나는 것이 민들레꽃이다. 역시 샛노란 꽃. 어디에서나 피어나는 것이 민들레지만 길거리 변두리 버려진 땅 어디쯤 뿌리 내려 피어난다. 길거리 보도블록 사이에도 피어나고 콘크리트 벽 사이에서도 피어난다.

　놀라운 생명력이다. 나는 한때 나의 시가 민들레의 홀씨가 되어 먼 데, 아주 먼 데까지 가서 나도 모르는 사람들 가슴에 뿌리 내려 꽃을 피우는 시가 되고 싶다고 생각한 적이 있다. 그렇게 민들레의 생명력이 부럽고 고마웠던 것이다.

민들레가 웃고 있었다면
네가 먼저 웃고 있었던 것이다

새들이 노래하고 있었다면
네가 먼저 노래하고 있었던 것이다

세상이 아무래도 이쁘냐?
그렇다면 네 마음속 세상이 먼저 이뻤던 것이다.

이것은 내가 요즘 입 속으로 중얼거리며 다니는 시의 문장이다. 아직은 차마 시가 되지 못한 미숙아 같은 문장이다. 제목도 생각 중이다. '봄은 혼자서 오지 않는다'. 그렇게 할까 말까 생각 중이다. 이렇게 민들레는 나에게 시적인 사유와 영감을 충분히 주는 꽃이다.

그래도 사람들은 민들레꽃을 밟고 다닌다. 결코, 주의 깊게 바라보지 않는다. 더구나 놀라지 않고 기뻐하지도 않는다. 민들레꽃이 피었다고 나처럼 환호작약하는 사람은 아마도 이 세상에 아무도 없을 것이다. 그냥 또 민들레꽃이 피었구나, 그럴 것이다. 하지만 나에게는 아니다.

민들레꽃은 봄이 되어 나와 맨 처음 눈 맞추는 친구이고 오래된 옛 추억의 연인이다. 우리 또다시 살아 있는 목숨으로 만나서 반갑고 고마워요. 나는 민들레꽃에게 고개 숙여 인사를 드린다.

오늘도 자전거를 타고 퇴근하는 길. 아파트에 도착하여 자전거를 받치고 현관으로 들어서다가 민들레 한 송이를 보았다. 그것은 아파트 건물 바닥 안쪽에 지하실로 향하는 부분에 피어 있는 민들레 한 포기였다.

어떻게 이렇게 불편한 곳에 민들레가 다 피어 있을까. 그곳은 늘 그늘에 가려진 자리인데 내가 볼 때 햇빛이 비치는 부분에 꽃이 피어 있었다. 특별하다면 특별했다. 정말로 민들레가 나를 보고 웃음 짓고 있는 것처럼 보였다.

길거리에 피어난 민들레는 구저분한 오물들 사이에 피어나는데 이 녀석만은 달랐다. 매우 깔끔한 땅에서 피어 있었다. 저 자신의 고결을 말해주는 듯도 싶었다. 내일 또 우리 만나요. 나는 민들레에게 인사하면서 아파트 현관 안으로 들어섰다.

참 특별하고도 드문 꽃이다. 꽃에 대해서 웬만큼 아는 사람도 이 꽃에 대해서만은 잘 알지 못할 것이다. 이름부터가 낯설다. 미선나무. 인터넷 설명을 찾아보면 이렇게 나온다. '미선나무의 이름은 아름다운 부채라는 뜻의 미선(美扇) 또는 부채의 일종인 미선(尾扇)에서 유래한다. 열매의 모양이 둥근 부채를 닮아 미선나무라

고 부르는데, 우리나라에서만 자라는 한국 특산식물이다.'

아, 그렇구나. 그래서 미선나무구나. 우리 한국 사람들은 꽃 이름을 붙이는 데에도 이렇게 인간적이고 미학적인 쪽을 선호한다. 그런 미선나무가 우리 문학관에 여러 그루 있다. '꽃나무는 꽃 필 때 알아보고, 과일나무는 과일이 열릴 때 알아보고, 사람은 죽고 난 다음에야 알아본다.' 이것은 내가 자주 하는 말인데 그야말로 미선나무는 꽃 핀 다음에야 '아, 저 나무가 미선나무였지', 그렇게 알아보게 되는 나무다.

평소에는 정원 한구석에 시무룩이 벌 받고 서 있는 아이처럼 존재감 없이 침묵으로 서 있는 나무다. 나무의 모양새도 볼품이 없다. 명색이 관목이라는데 어렸을 때는 무슨 덤불 나무처럼 보인다. 줄기와 가지가 가늘고 실하지 못해서 몸을 제대로 가누지도 못한다. 어떤 녀석은 받침대를 세워주어야만 제 몸의 꼴을 지탱할 정도로 비실거린다. 우리 문학관 미선나무가 그런 경우다.

한동안 당알당알 꽃송이만 매달고 서 있더니만 어제오늘 미선나무가 꽃을 피웠다. 봄이 와 아주 많은 나비, 새하얀 나비가 날아와 앉은 것 같다. 정말로 미선나무 가지에서 파닥거리는 새하얀 나비 날갯소리가 들리는 듯싶다. 잘 오셨습니다. 당신이야말로 이 봄에 오신 가인(佳人)이시구려. 될수록 오래오래 그 자리 지키다 가시기 바랍니다. 적어도 1년을 참고 기다린 나머지 우리가 다시 만나게 된 것이 아니겠습니까!

가
야
할
길

모처럼 토요일 오전 시간, 약속이 있어
서 문학관에 나갔다. 오래전부터 알고 지
내던 지인 한 분이 함께 공부하는 분들과
여럿이서 온다고 했다. 시에 대해서, 인생
에 대해서 무언가 듣고 싶은 이야기가 있
고, 하고 싶은 이야기가 있어서 멀리서부
터 온 손님들이다.

문학관 큰방에 앉아 이야기 시작하기

전부터 점심 식사를 함께하자는 제안이 들어왔다. 본래 나는 약속 없이 외부인과 식사를 잘 하지 않으며 또 얻어먹는 밥을 좋아하지 않는다. 그것이 내 나름의 신념이고 생활 태도인데, 멀리서 온 손님은 못내 아쉬운 표정을 지우지 못한다.

그때 내가 손님들에게 드린 말이 있다. 우리가 비록 오래전부터 알고 지낸 사이이고 좋은 인간관계이긴 하지만 오늘 우리의 약속은 문학관에서 이야기하는 그 시간까지만이라고. 나에겐 오늘 내가 가야 할 길이 따로 있다고. 그러면서 인간이 가야 할 길에 대한 이야기를 잠시 나누었다.

길은 본래가 땅 위에 난 사람들의 통로를 말한다. 도로나 오솔길, 에움길이나 산길 같은 그런 길을 말한다. 그러나 길은 좀 더 확대되어 사람이 살아갈 도리나 본분이란 뜻으로도 사용되고 삶 그 자체로도 사용된다. 도덕, 도리 같은 말들이 그렇고 인생과 같은 말이 그렇다.

나는 생각해 본다. 일생을 살면서 자기가 가야 할

길, 그러니까 인생의 방향이나 태도나 지향을 분명히 알고 사는 사람이 몇이나 될까? 있다면 그 길을 제대로 가고 있는 사람이 또 몇이나 될까? 과연 나는 어떤 부류에 속하는 사람일까? 심히 두렵고도 힘겨운 질문이다.

여기, 자기가 가야 할 인생의 길이 어떠한 것인가를 분명히 아는 사람과 모르는 사람이 있다고 하자. 그리고 가야 할 길을 분명히 아는 사람 가운데 한 발자국 한 발자국씩 그 길을 걸어 나아가는 사람이 있고, 알기는 알지만 가지 않는 사람이 있다고 하자.

그것이 정말로 그렇다면 나는 어떤 부류의 사람일까? 소원이라면 나는 내가 가야 할 길을 분명히 알고 느린 걸음이지만 천천히, 천천히라도 그 길을 앞으로 나아가는 사람이고 싶다. 그리하여 인생의 마지막 날에 여한 없이 숨을 내쉬는 사람이 되고 싶다.

호숩게, 그야말로 호숩게, 늦은 가을날 제대로 단풍이 들고 말라버린 나뭇잎 하나가 땅바닥을 향해 떨어져 내리듯이. 그리하여 내 마지막 숨결, 마지막 말이

'이젠 됐다'가 되기를 소망한다. 모든 것을 내려놓고 모든 것을 돌려주면서 말이다.

정말로 나에겐 시간이 많지 않다. 엄마한테 돈 받아 가지고 심부름 떠난 아이가 길을 가다가 그 돈으로 군 것질하면서 시간 보내다가 꽃을 만나서 놀고 길가에서 강아지들 만나서 놀다가 다 저녁때 빈손으로 집 찾아온다면 하나의 동화가 될 것이다.

그러나 이제 나에겐 그런 동화가 필요치 않다. 지금 나는 시간을 낭비할 때가 아닌 것이다. 야금야금 줄어드는 물웅덩이의 시간을 재깍재깍 재면서 아끼면서 살아야 할 때인 것이다.

다만 감사하고 고마운 노릇이다. 언제부
턴지 모르겠지만 공주 사람들이 내 시를
읽어주고 이해해 주고 또 그것을 자기들
의 삶 가까이 활용하고 있다. 길거리나 골
목에 시화로 만들어 붙이기도 하고 가게
간판이나 게시물로도 올리고 있다. 공주
구도심 지역을 가다 보면 여기저기서 내
시의 흔적을 만날 수 있다.

그야말로 공주는 자세히 보아야 예쁘고 오래 보아야 사랑스러운 도시이다. 특히, 공주 구도심 지역이 그렇다. 그래서 공주 사람들은 나의 시 〈풀꽃〉을 공주의 시로 바꾸어 읽고 싶어 한다.

　자세히 보아야 예쁘다
　오래 보아야 사랑스럽다
　공주도 그렇다.

이렇게 마지막 문장 '너도 그렇다'를 '공주도 그렇다'로 말이다.

세상 사람들 너무 알까 무서울 정도로 공주는 아름다운 도시이다. 숨겨진 도시, 은자(隱者)의 마을이다. 진심이 숨어 있는 도시이고, 오래된 역사가 흐르는 도시이고, 또 오늘을 사는 아기자기한 지혜와 정겨움이 한데 어울린 고장이다. 이러한 도시에 내 시가 접목되고, 한데 어울린다니 이거야말로 시인 된 사람의 최상의 영예가 아니고 무엇이랴.

아는 사람들은 이미 알겠지만 글쎄, 공주에는 '나태주의 골목길'이 있다. '사랑 길', '풀꽃 길', '선물 길'이 그것인데, 현지 사람들은 무심하지만 정작 외지 사람들은 입소문으로 듣고 드문드문 찾아와 골목길을 기웃거리곤 한다. 이 또한 감사하고 고마운 일이다.

이른바 '나태주의 골목길' 시화 거리 출발 지점이 바로 제민천 변이다. 제민천을 등지고 세워진 구조물에는 내 시가 새겨져 있다. 까만 바탕에 새겨진 문장들. 이 또한 공주 사람들은 무심히 스치는 것이겠지만 외지 사람들은 이것을 일부러 찾아내어 읽고 그 앞에서 사진을 찍기도 한다. 말하자면 포토존이 되어주는 셈이다.

너 오늘 혼자 외롭게
꽃으로 서 있음을 너무

힘들어하지 말아라

— 나태주, 〈혼자서〉 중에서

비단강이 비단강임은

많은 강을 돌아보고 나서야

비로소 알겠습디다

— 나태주, 〈비단강〉 중에서

나도 어느 날 자전거를 타고 이곳을 지나다가 사진 몇 장을 찍은 일이 있다. 마침 새로 움이 트는 버드나무 실가지가 바람에 휘날리는 게 여간 보기 좋은 게 아니었다. 또다시 기적처럼 찾아온 봄날이 그저 연한 녹색 머플러처럼 매달려 안타까운 듯 나부끼고 있었던 것이다. 분명 현실이지만 환상의 세상이 버드나무 너머 일렁이는 것만 같았다.

봄아, 봄아, 너무 아프지 않게 서럽지 않게 잘 머물다 가시기 바란다.

2장

봄이 와서
기쁘냐,
나도 기쁘단다

깽깽이풀

    기다리고 기다렸다. 하지만 야속할 정도로 녀석은 쉽게 돌아와 주지 않았다. 문학관에 가기만 하면 제일 먼저 찾아가 들여다보고 또 들여다보는 자리. 깽깽이풀 자리. 소나무 밑에 심어서 그런 걸까. 해마다 꽃을 피우는 세력이 줄어들고 있다.

    이름이 깽깽이풀이지만 실은 풀이 아니고 꽃이다. 꽃 가운데서도 귀골에 해당하

는 꽃이다. 흔하지 않은 꽃이고 잘 자라지 않는 꽃이란
뜻이다. 대개가 그렇다. 귀하다는 꽃, 특별하다고 여겨
지는 꽃들은 잘 자라지 않고 쉽게 죽어버리는 성질을
지니고 있다.

　문학관 화단에 심은 꽃 가운데서도 여러 종류가 그
렇게 사라졌다. 우선 백두산두메양귀비가 그렇고 히말
라야용담, 백두산할미꽃, 백색할미꽃이 그랬다. 토질
이 나빠서 그런지, 잘못 건사해서 그런지 금낭화도 우

리 문학관에서는 꽃 피우는 게 시원치 않다.

이것도 내가 최근에 알게 된 것이지만 꽃들도 저마다 성깔이 있고, 살아가는 방법이 다르다. 굳이 사람이 살라고 심어준 자리에서는 살지 않고 제가 살고 싶은 자리를 찾아다니면서 산다는 것! 놀라운 일이다. 한해살이풀은 물론이고 씨앗으로 번지는 숙근초도 그렇게 한다. 꽃들의 삶이 사람의 그것을 많이 닮았다는 생각이다.

한동안 꾸물거리던 깽깽이풀이 드디어 꽃을 피웠다. 하지만 졸렬하고 섭섭한 모습. 작년보다도 못하고 재작년보다는 더욱 못하다. 우리말에 '가련하다'란 말이 있는데 깽깽이풀이 바로 그렇게 가엾고 불쌍해 보이는 꽃이다. 깽깽이풀은 연보랏빛 꽃. 다섯 장이나 여섯 장 꽃잎을 매달고 피어난다. 작은 바람에도 꽃송이를 흔드는 게 여간 앙증맞은 게 아니다. 깨금발로 뛰어서 조금씩 옆자리로 번식한다 해서 이름이 깽깽이풀이란다.

해마다 깽깽이풀을 보기 위해 문학관을 찾아오는 한 사람이 있다. 고운 얼굴을 지닌 중년의 아낙네. 올 때마다 화사한 옷차림에 예쁘게 가꾼 얼굴로 온다. 와서는 깽깽이풀 옆에 자기도 또 하나 예쁜 꽃으로 오래오래 앉아 있다 가곤 한다. 그러나 그 아낙도 올해는 오는 게 늦다.

나 없는 어느 날, 불쑥 소식 없이 찾아왔다가 혼자서 오래 깽깽이풀 옆에 앉아 있다가 그렇게 돌아갈지 모른다. 그러한 날 나 대신 깽깽이풀이 그 아낙을 알은체해 주고 눈이라도 잠시 맞춰줬으면 좋겠다는 생각. 그래그래, 깽깽이풀아, 잘 좀 부탁하자.

새삼스럽다는 것

오늘은 일요일. 오전 시간 교회에 가서 예배를 드리고 집으로 돌아와 간단하게 점심 식사를 마치고 문학관으로 가는 오후였다. 자전거를 타고 가고 있었다. 오래 묵은 공주에서도 오래된 옛길. 예전에는 외지에서 공주로 공부하러 온 학생들로 북적대던 길.

일요일이어서 그랬던가. 길 위에는 자동

차 한 대 지나가지 않고 행인 한 사람도 없었다. 오직 햇빛만이 환하게 비치는 길로 나 혼자서만 가고 있었다. 문득 꿈을 꾸고 있는 듯한 심정. 사람들은 다 어디로 갔나? 그 흔한 길고양이 한 마리 강아지 한 마리 지나가지 않는다. 나는 얼마나 오랫동안 이 길을 오고 갔던가.

천천히 자전거 페달을 밟으며 길을 가고 있었다. 하기는 이 길이 이렇게 행인이나 자동차의 통행이 드물어 자전거를 타고 다니기에 좋은 길이다. 문득 오른쪽으로 골목 하나가 눈에 들어왔다. 그 골목에도 햇빛이 환하게 비치고 있었다. 행길에도 사람이 뜸하지만 그 골목길은 정말로 아무도 다니지 않는 길이다. 다만 비어 있는 길.

올려다보는 봄 하늘이 참 맑고도 곱다. 봄이면 황사다, 연무다, 그래서 뿌연 하늘이었는데 오늘은 참 특별한 날이다. 이 좋은 날을 나 혼자 보고 나 혼자 느끼다니! 아까운 마음으로 바라보아서 그랬던가. 눈길은 골목길 앞 교회 건물 담장 위에 세워진 조그만 여학생 인형에게로 갔다. 이 또한 항용 보고 무심하게 지나쳤던 인형이다.

예전 내가 어린 학생이었을 때 이 골목길에서 수없이 만났음직한 그런 여학생의 모습이다. 갈래머리에 새하얀 카라. 검정 교복 차림. 단정한 모습. 가방까지 하나 들었다. 두 손을 공손히 앞으로 모두었다. 예쁘다. 왜 그 오래 익숙한 모습이 새롭게 눈에 들어왔을까. 나는 자전거를 세우고 가까이 가보기로 했다.

여학생 인형 아래 담장에 무언가 글이 새겨진 푯말이 붙어 있었다. 역시 오래 묵은 것 같은 나무, 허름한 푯말에 무심하게 쓰인 글씨다. "세상에 하찮고 쓸모없는 것은 없다. 박노해." 박노해라면 시인 박노해 아닌가. 놀랍다. 왜 여기에 이런 문장이 쓰여 있고, 나는 또 왜 그렇게 오랫동안 이 길을 오가면서도 저 문장을 읽지 못했을까.

바쁘게, 그저 바쁘게, 사람들 눈을 피해, 자동차를 피해 허겁지겁 오가다 보니 그러지 않았을까 싶다. 그런데 오늘 너무나도 길이 한적하고 햇빛이 좋아서 골목길을 지키는 소녀의 인형을 새삼스럽게 보게 되었고 그 아래 쓰여 있는 문장까지 읽게 된 것이다.

그렇다면 자동차 없고 인적조차 끊긴 길이 고마운 일이 된 것이다. 새삼스럽게 무언가를 바라보고 느낀 것이 매우 잘한 일이 된 것이다. 그러하다. 새삼스럽다는 것. 그것은 좋은 일이다. 오래 묵어 낡고 익숙한 거리지만 내가 새로운 눈으로 바라보니 낡고 오래되고 익숙한 모든 것들이 새롭게 나에게로 다가온 것이다. 이거야말로 새로운 탄생이 아니고 무엇인가.

나는 문득 외국의 어느 한 거리에 온 듯한 느낌을 가슴에 안고, 계속해서 자전거 페달을 밟으며 문학관 쪽으로 향했다. 오늘은 유독 햇빛이 밝고 하늘이 맑은 날, 참 좋은 날. 세상이 새로워지고 나조차 새로워진 날이다.

아
이
리
스
를
옮
기
다

　어제오늘 아이리스꽃을 옮겨 심었다. 외
부 일정이 잠시 뜸하고 또 시간 여유가 생
겨 그리한 일이지만 또 계절적으로 이 시
기를 놓치면 안 될 것 같아서 무리하면서
일을 했다. 보람은 있지만 일을 하고 난 뒤
팔다리 허리 안 아픈 곳 없이 아프다.
　왜 내가 멀쩡하게 자리 잡아 잘 자라고
있는 아이리스를 수고롭게 옮겨 심었는

가? 거기에는 이유가 있다. 문학관이 생긴 것이 2014년이니까, 햇수로 10년이다. 아이리스. 서양 붓꽃. 내가 특히 그 꽃을 좋아해서 골고루 꽃을 구해다 심은 것이 10년 가까운 세월이다.

그런데 한동안 화려하게 꽃을 피우던 녀석들이 언제부턴가 꽃을 피우지 않는 것이었다. 이파리는 푸르고 무성한데 꽃대를 잘 올리지 않는 거였다. 왜 그럴까? 왜 그럴까? 고개만 갸우뚱거리며 산 날들이 길었다.

그러다가 지난해 7월, 부여문화원 초청으로 관광객들과 함께 부여 지역의 관광지를 돌면서 문학 강연을 한 적이 있다. 그때 첫 코스로 들른 곳이 부여 궁남지 연꽃 방죽이었다. 언제 보아도 궁남지의 연꽃은 눈부시도록 아름다웠다.

그날도 그렇게 놀라운 눈으로 연꽃들을 보고 있는데 유독 연꽃이 한 송이도 피어 있지 않은 연꽃 방죽이 있었다. 하지만 그 연꽃 방죽엔 이파리들이 자라 연꽃 방죽을 가득 메우고 있었다. 의아한 생각이 들어 나는 관리인에게 물었다.

왜 저 연꽃들은 이파리가 저리도 무성한데 꽃을 피우지 않았을까요? 네, 그건 연꽃이 한자리 너무 오래 자라고 있어 새 뿌리가 나올 틈이 없어서 그렇습니다. 그래요? 네, 연꽃도 새 뿌리에서 꽃대를 올리니까요.

말을 듣는 순간 강한 느낌이 왔다. 그렇구나. 새 뿌리에서 꽃이라! 나무들도 보면 어떤 나무도 묵은 가지에서 꽃을 피우는 나무는 없다. 무릇 나무는 새롭게 가지를 뻗은 다음 그 가지에서 꽃을 피우고 열매도 맺는데 연꽃 또한 그렇다는 것이다.

온고지신(溫故知新)이란 말이 있다. '옛것을 익히고 그것을 미루어서 새것을 안다'는 뜻의 공자님 말씀이다. 연꽃이 새 뿌리에서 꽃을 피우는 것과 아주 관계있는 말이라고는 할 수 없지만 나는 어쩐지 그런 일을 두고 온고지신, 그 말씀을 떠올린다.

옛것이 소중한 것은 새것이 더욱 소중하기 때문이다. 아이리스를 심어 애써서 기르고 간직함은 싱그러운 이파리를 보기 위함이기도 하지만 아름다운 꽃을 보기 위함이다. 아이리스가 꽃대를 세워 그 너른 꽃 입

술을 너울대며 꽃을 피울 때 얼마나 좋았던가.

나는 부여 궁남지 연꽃 방죽의 연꽃 이야기를 들으며 우리 문학관 뜨락의 아이리스를 떠올렸다. 아, 그래서 녀석들이 점점 갈수록 꽃 피우는 걸 게을리했던 거구나. 사람이 참 이렇게 아는 것이 없다. 갈수록, 갈수록 모르는 것 천지다.

젊은 시절 나는 대학교 교수가 되고 싶었다. 다른 이유도 있겠지만 주기적으로 전근 다니는 일이 힘들어 한자리에 오래 머물러 근무하는 대학교 교수가 부러웠다. 그러나 초등학교 선생을 하면서 이리저리 다니면서 서럽게 산 날들이 뒷날에 오히려 나쁘지 않았다.

벼르고 벼르다가 어제오늘 아이리스 꽃밭의 아이리스꽃들의 뿌리를 캐어 새로운 땅을 찾아 심어준 것이다. 내년이나 그다음 해쯤이면 이 녀석들이 자리 잡아 아주 실한 꽃대를 올려 예쁜 꽃들을 피울 것이다. 이러한 상상만으로도 나에겐 희망이 되고 기다림이 된다.

문학관의 벽화

애당초 문학관이 너무 왜소하고 볼거리가 없어 생각해 낸 일이다. 무엇이라도 좀 볼거리가 있었으면 좋겠는데 싶어 우리 문학관으로 들어오는 입구 쪽 공주세무서 담장에다가 벽화를 그린 것이다.

본래 그 자리는 공주법원과 검찰청 청사 자리였다. 그런데 그 두 기관이 신관동 쪽으로 이사 가고 오랫동안 비어 있는 건

풀꽃

자세히 보아야
예쁘다
오래 보아야
사랑스럽다

너도 그렇다

물일 때 벽화를 그렸고 그다음 세무서가 새롭게 건물을 짓고 들어오면서 담장을 헐고 다시 쌓을 때 세무서 측에 이야기하고 벽화 그린 부분의 담장만 헐지 않고 남겨둔 것이다.

그러니까 공주세무서 담장을 우리가 허락받아 활용하고 있는 셈이다. 평소 잘 알고 지내던 윤문영 화백에게 부탁드려 네 편의 시를 적고 거기에 그림을 그려 넣었다. 화백 나름의 소녀풍의 시화가 아주 예쁘게 그려져서 나도 만족하지만 관광객들이 좋아하는 공간이 되었다.

문학관을 다녀간 사람들이 남긴 카페나 블로그의 기록을 보면 대부분 사람들이 이곳에서 사진을 찍거나 이곳의 시화를 옮겨다 싣고 있다. 그런 걸 보면서 썰렁하고 볼거리가 너무 빈약한 우리 문학관으로서 아주 다행스러운 일이다 싶은 생각이 든다.

벽화에 새긴 네 편의 시는 〈선물〉과 〈풀꽃〉과 〈행복〉과 〈안부〉 등이다. 내가 쓴 시 가운데 비교적 짧고 간결하고 쉬우면서도 대중들에게 널리 알려진 시들이다.

이러한 시들을 통해 문학관에 다녀가는 분들에게 나름대로 위안과 축복을 드리고 싶어서 그런 것이다.

그런데 그 벽화가 점점 지워지고 흐려지고 바닥의 시멘트까지 떨어져 나가 걱정이다. 이제 이 벽화는 우리 문학관의 한 상징처럼 되었고 또 이곳은 관광객들이 스스로 찾아서 사랑하게 된 포토존이기도 한데 어떻게 하든지 이 벽화를 계속해서 잘 보존하고 싶다.

지금 내 생각은 그렇다. 현재의 벽화가 있는 벽을 다시 잘 다듬어 페인트 작업을 하고 거기에 오늘날 그려진 그림과 똑같은 그림을 윤문영 화백에게 부탁하여 다시 그리게 하자는 것이다. 그렇게 되면 새 벽화이기는 하지만 옛날 것과 같아서 관광객들이 좋아하고 안심하지 않을까 싶다.

마
당
을
쓸
었
습
니
다

금학동에 있는 우리 아파트에서 문학관
을 오갈 때 내가 즐겨 다니는 길은 제민천
길이나 봉황동 오거리서부터 대통사지(大
通寺址) 당간지주가 있는 길로 꺾어 들어
가는 길이다. 그 길이 차량이나 행인들 통
행이 한가하므로 자전거 타기에 적당해서
그런 것이다.

하지만 가끔은 공주시청 앞에서 로터리

를 돌아 봉황초등학교 옆으로 스치는 길을 가기도 한
다. 그 길 옆에 황해세탁소라고 해서 우리 집 옷을 맡아
주는 세탁소가 있기 때문이다. 그날도 옷 세탁 일 때문
에 그 길을 가고 있었을 것이다. 본래 그 길은 1차선 도
로였는데 최근 2차선으로 바뀌어 훤칠한 길이 되었다.

그 길에 바로 김기평 선생님이 사시던 집이 있다. 김
기평 선생님은 내 고등학교 시절 국어 선생님. 학생 시
절보다 학교를 졸업하고 교직 생활 중, 공주에 와서 살

며 가까워졌고 공주문화원장으로 있을 때 공주문화원 고문을 맡아주시면서 많은 보살핌과 사랑을 주신 선생님이다.

이미 선생님은 코로나19가 번지던 2020년에 돌아가시고 사모님과 따님들만 사시는 집이다. 선생님 돌아가시고 담장이 한옥 형태로 바뀌었다. 그 한옥 형태의 담장 벽에 무언가 새롭게 부착된 것이 있었다. 가까이 가보니 그것은 내 시화 작품 하나를 아크릴판으로 제작하여 붙인 것이었다.

아, 이 작품! '시'라는 이름이 붙은 글. 내가 모르는 바가 아니다. 이 시는 내가 가장 아끼고 좋아하는 시이다. 그런데 왜 이 시가 김기평 선생님 댁 담장 벽에 붙어 있을까? 그것은 이 작품이 바로 김기평 선생님을 소재로 해서 쓰인 작품이기 때문에 그런 것이다.

김기평 선생님은 내가 다니던 공주사범학교 선생님을 하시다가 그 자리에 공주교육대학교가 생기자 그 대학의 교수님이 되어 1986년까지 재직하신 분이다. 그 뒤로는 댁에 칩거하시면서 중국의 고전인 사서

삼경을 공부하시어 주해서 9권을 출간하신 분이다. 그 기간이 장장 26년 세월이다.

선생님이 교직에서 정년 퇴임을 하시고 댁에서 공부하실 때, 나 역시 공주교육대학교 부설초등학교에서 나와 공립학교 교사로 근무하고 있었는데, 내가 출퇴근할 때 타고 다니던 시내버스가 선생님 댁 앞을 스치게 되어 있었다. 그것도 아침 이른 시간. 가끔 선생님 댁 앞에서 선생님의 모습을 만날 수 있었다.

처음엔 무심히 보아 넘기던 풍경이었다. 거의 날마다 선생님은 시내버스가 당신 집 앞으로 스쳐 지나가는 그 시각에 빗자루 하나를 들고 나가 도로변을 쓸고 계시곤 했던 것이다. 빗자루래도 망가지고 모스라진 몽당빗자루다. 길바닥에 쓰레기가 없는 날에도 선생님은 모래흙 같은 걸 쓸고 계시곤 했다.

점차 그러한 선생님의 모습이 나의 가슴에 쌓여 하나의 심상(心象)을 이루고 감흥을 일으키고 있었다. 마당을 쓴다는 것은 매우 흔하고 일상적인 일이지만 그것은 지구의 한 모퉁이를 쓸어주고 깨끗하게 해주는 위대한 일이라는 생각을 하게 되었다. 이것은 스스로 놀라운 발견이었고 하나의 유레카 그것이기도 했다.

그야말로 나의 작품 〈시〉라는 글은 김기평 선생님이 주시는 영감으로 쓰인 글이다. 그러므로 그 작품이 선생님 댁 담장 벽에 걸린 것은 당연한 일이고 나에게도 영광스러운 일이 된다. 선생님은 이미 세상에 안 계시고 그 작품을 쓰던 나태주는 이미 80 노인이 되었지만 나는 여전히 그 작품 앞에서 40대 초반의 남자가 된다. 나의 가슴에 선생님이 여전히 살아계시며 함께 숨 쉬고 계심은 물론이다.

마당을 쓸었습니다
지구 한 모퉁이가 깨끗해졌습니다

꽃 한 송이 피었습니다
지구 한 모퉁이가 아름다워졌습니다

마음속에 시 하나 싹텄습니다
지구 한 모퉁이가 밝아졌습니다

나는 지금 그대를 사랑합니다
지구 한 모퉁이가 더욱 깨끗해지고
아름다워졌습니다.

— 나태주, 〈시〉 전문

*

해마다 나는 스승의 날이 되기만 하면 선생님 댁으
로 찾아뵙곤 했다. 빈손일 수 없어 수박 한 덩이 사서
들고 가곤 했을 것이다. 그해에도 선생님 댁으로 선생
님을 뵈러 갔었다.

대문이 열려 있었다. 대문이 안으로 열린 것은 선생
님이 집에 계신다는 신호이고 약속. 하지만 선생님은
실내에 계시지 않았다. 수박을 마루에 내려놓고 밖으

로 나와 두리번거리며 선생님을 찾았다. 뜨락의 꽃밭에 선생님의 모습이 보이지 않았다.

그렇다면 뒤란에 있는 밭에 계신 것이다. 아니나 다를까. 거기에 선생님이 계셨다. 선생님은 젊은 시절에도 체구가 조그마하셨던 분이다. 연로하시니 더욱 조그마해지셨다. 정말로 조그만 노인 한 분이 밭 가운데 쪼그리고 앉아서 호미로 풀을 뽑고 계셨다. 머리에 빨간색 털모자를 쓰고 계신 게 마치 어린아이의 모습 같았다.

선생님은 그렇게 하루도 쉬지 않고 무언가 일을 하면서 사시는 분이었다. 사서삼경을 완전히 번역하고 나서 눈이 나빠져 그 좋아하시던 책을 읽을 수 없게 된 이후로는 이렇게 당신의 밭에 나와 풀을 뽑거나 채소를 가꾸는 일을 하면서 소일하셨다.

내가 인생 말년에 풀꽃문학관을 열어 거기에 꽃을 심어 가꾸면서 제법 열심히 일하며 지내는 것도 모두가 선생님에게서 배운 교훈 때문에 그런 것이다. 그렇게 내가 선생님을 찾아뵌 날이 2018년 5월 15일. 그것

이 세상에서 내가 선생님을 마지막으로 뵌 날이었고
그날에 찍은 사진이 내가 가지고 있는 선생님 사진 가
운데 마지막 사진이다.

문학관 옆집 산목련

한때 나는 우리 문학관 옆에 있는 집에 매료되어 연연하면서 살던 시절이 있었다. 우리 문학관이 일본식 가옥이라면 이 집은 서양식 가옥이다. 우리 문학관의 외양이 검정색인 데 비하여 이 집은 초록색 대문에다가 주황색 지붕을 자랑하는 집이다. 멀리서 보면 매우 그럴듯하게 보인다.

그래서 문학관 오가는 사람들이 이 집

을 탐내기도 했고, 또 실지로 이 집을 구입한 사람들이 있었다. 원래 주인에게서 두 번이나 주인이 바뀌었다. 그러나 어떠한 주인도 이 집을 가꾸거나 돌보는 주인은 없었다. 그냥 내버려두었다고나 할까.

나 또한 처음엔 이 집을 사고 싶어 마음을 쓴 일이 있었다. 이 집을 사서 문학관의 부속 건물로 쓰고 싶었다. 그러면 비좁은 문학관이 좀 더 활력을 갖지 않을까 싶었다. 그러나 당시 내게는 집을 구입할 만한 돈이 없었고 그로 해서 마음의 상처를 입기도 했다.

그러나 지금은 아니다. 머지않아 새로운 문학관 건물을 짓게 되어 있으므로 오히려 이 집을 샀으면 관리하는 문제로 골치가 아플 뻔했다는 생각이 든다. 참, 사람의 일이란 한 치 앞을 짐작하기 어렵다. 당장은 어떤 것이 좋은 일인지 알지 못한다.

어쨌든 이 집은 우리 문학관 소유나 관리가 아닌 것이 다행스러운 일이다. 그런데 이 집 앞 언덕에는 특별한 나무가 두 그루 자라고 있다. 하나는 단풍나무이고, 하나는 산목련이다. 가을에 단풍나무는 찬란하고도 붉은 단풍잎을 보여주고, 산목련은 봄마다 새하얀 꽃을 구름처럼 피운다.

정말로 멀리서 보면 하늘에서 흰 구름이 내려와 나뭇가지에 걸린 것처럼 보이고, 새하얀 새들이 무리 지어 나뭇가지에 앉아 노는 것처럼 보인다. 장관 중 장관이다. 그렇게 올해도 산목련은 제 몸을 열어 눈부신 새하얀 꽃을 피워 봄을 만끽하고 있다.

그런데 새로 바뀐 주인이 이사 와서 집을 단속하고 정리한다는 명목으로 이 나무를 싹둑 잘라버리면 어쩌나, 은근히 걱정스럽기조차 하다. 그동안 주변에서 멀쩡한 나무들을 자르는 일을 수없이 보아왔기 때문에 그런 일은 충분히 개연성이 있는 일이라 하겠다.

부산에 사는 예쁜 나의 독자, 예원이가 왔다. 예원이는 대학에서 영문학을 전공한 젊은이로 지금은 부산의 한 여자중학교에서 영어 교사로 일하고 있고 나와 함께 글을 써서 몇 권의 책을 낸 작가이기도 하다. 그 예원이를 문학관 옆집 산목련 아래 세우고 사진을 찍었다.

산목련도 눈부신데 예원이도 봄 처녀답게 눈부시도록 아름답다. 제 청춘의 향기를 한껏 뽐내면서 산목련 아래 서서 멀리 하늘을 보기도 하고 웃기도 한다. 또 하나의 산목련. 그런 예원이를 사진기에 담고 있는 나를 또 뒤에서 보고 문학관 직원 한 팀장이 살그머니 사진기에 담아줬다.

오늘은 모처럼 하늘이 맑고 향기로운 날. 사람이 꽃처럼 예쁘고 꽃들이 또 사람 가까이 숨을 쉬면서 정겹게 느껴지는 날. 살아 있는 목숨이 그렇게 아름답고 향기로울 줄이야. 새로 이사 오는 주인이 제발 저 나무를 베지 말아줬으면 좋겠다.

★

꽃이 만개하던 날의 백목련은 참으로 눈부시고 아름답다. 우아하다. 나무 전체가 한 송이의 꽃 같기도 하고, 나무에 매달린 꽃송이 하나하나가 하늘을 나는 새 같기도 하다. 그렇다. 백목련 꽃송이 하나하나는 하늘

새. 새하얀 하늘새 되어 하늘 높이 날고 싶어 한다.

그러나 그것은 다만 백목련 꽃송이의 소망일 뿐, 며칠이 지나지 않아 꽃송이는 한 잎씩 분해되어 꽃잎으로 땅바닥으로 내려앉는다. 아, 그때의 절망이여. 나무도 절망하고 바라보는 사람도 절망한다.

적어도 그러한 소망과 꿈을 다시 갖기 위해서는 목련 나무와 더불어 사람도 지루한 1년을 다시 견뎌야 하리라.

창밖의 손님 ─ 노간주나무

언제부터였을까. 우리 문학관 영역엔 슬그머니 고개를 들이밀고 들어와 사는 식물들이 많다. 일년생 풀꽃들은 말할 것도 없고, 다년생 풀꽃도 여럿 그렇게 와서 살고 있고, 더러는 나무들도 그렇게 살고 있는 녀석이 여럿이다.

명자나무, 산초나무, 서양 보리수나무가 그렇고 바로 이 녀석 노간주나무가 그렇

다. 노간주나무는 어려서 자주 보던 나무다. 고향의 뒷
산 아무 데서나 자라는 흔한 나무였다. 삼촌이나 아버
지가 땔나무를 할 때 이 나무도 가끔은 가지나 줄기를
쳐서 가지고 오곤 했는데, 이 나무를 부엌 아궁이에 넣
고 태우면 타닥타닥 소리를 내면서 제법 호기롭게 타
오르던 기억이 있다.

처음엔 그저 무심히 지나쳤을 것이다. 문학관 차방
(茶房)으로 쓰이는 마루방 밖 처마 밑에 조그만 식물

하나가 뿌리 내려 자라고 있었다. 다른 사람들 같았으면 대번에 뽑아버렸을 텐데 어떤 식물이든지 귀하게 여기고 싶어 하는 나는 그 나무를 차마 뽑을 수가 없었다. 그렇게 하여 자라기 시작한 나무가 바로 이 녀석이다.

한 그루가 아니고 두 그루다. 이제는 키가 큰 나무의 우듬지가 유리창 높이만큼 자랐다. 방 안에서 보아도 보인다. 기웃, 창밖에서 누군가 방 안을 보고 있는 느낌. 나로선 매우 정겨운 느낌이 아닐 수 없다. 하지만 바라보는 사람에 따라 전혀 다른 생각을 가질 수도 있겠다.

왜 저 나무가 저곳에 서서 자라고 있을까? 뜬금없는 일이라 여겨질 것이다. 정말로 저 녀석은 끝까지 저 자리에서 버틸 수 있을까? 당장 저 나무를 저 자리에서 뽑아내야 한다고 주장할 수도 있을 것이다. 나도 분명히 그런 생각이나 주장을 알기는 한다. 그러나 내 손으로는 차마 저 나무를 뽑아내지 못하겠다.

문학관이 좋다고, 내 곁이 좋다고 찾아온 녀석을 어

찌 그렇게 매정하게 내칠 수 있단 말인가. 문학관이 생긴 지도 이제 10년째. 오랫동안 미루고 미루던 새로운 문학관 건립이 머잖아 이루어질 것이다. 이참에 문학관의 풀이나 나무들을 새롭게 손보고 다듬자는 의견이 있다.

좋은 생각이고 필요 적절한 일이라고 생각한다. 그런데 그렇게 하면 문학관의 꽃과 나무들이 변하게 될 텐데 그것이 나로서는 걱정이다. 어차피 만물은 변한다고 그랬으니까, 모른 척 눈감고 한발 물러나 화단을 다듬는 사람들 손길이나 지켜보아야 할 일이 아닐까 싶다. 언젠가 저 녀석들의 모습은 내 마음속이나 사진속에만 흐릿하게 남아 있게 될 것이다.

꽃밭을 가꾸거나 곡식을 기르는 사람들
이 가장 싫어하고 경계하는 풀은 민들레
와 개망초다. 일단 이 녀석들이 번지기 시
작했다 하면 걷잡을 수 없이 그 땅을 점령
하고 만다. 그만큼 번식력이 강해 자기들
왕국으로 만들고 만다. 애당초 접근을 하
지 못하게 원천 봉쇄 하는 게 상책이다.

그러나 때로 나는 그러한 민들레를 문

학관 한구석 어딘가에 남겨두기도 한다. 민들레는 이른 봄에 피는 꽃. 그러려면 지난해에 싹이 트고 자라 겨울을 견뎌야 한다. 말하자면 월동(越冬)해야 한다는 얘기다. 죽은 듯 땅바닥에 엎드려 춥고도 모진 겨울을 고스란히 견딘다는 건 작고도 어린 식물로서는 실로 지난(至難)한 일이다.

그런 고난과 모험을 거쳐 봄에 도착한 녀석들인데 어찌 냉큼 뽑아버릴 수 있겠는가 싶은 게 내 생각이다. 어쩌면 이것은 하나의 가족애(家族愛) 같은 것이라 그럴까. 다른 곳에 뿌리 내려 자란 민들레가 아니다. 우리 문학관 뜨락 어딘가에 뿌리 내려 자란 민들레다.

그래서 그런 걸까. 나는 그들을 부를 때 '녀석'이란 말로 부른다. '이 녀석 예쁘게 꽃을 피웠구나.' 그렇게 말할 때의 '녀석'이다. 그러니까 무심한 잡초지만 인격체로 보아서 그렇게 불러주는 것이다. 이것은 오로지 시인적(詩人的) 발상이요 감성이다.

시인에게 가장 소중한 마음은 감정이입(感情移入)의 마음이다. '내 마음이 저 마음이야'라고 여기는 이심전

심의 마음이고 동일시의 마음이고 공감이고 바로 또 엠퍼시(empathy) 그 자체이다. 구박받고 천대받는 꽃이기에 더욱 마음에 안쓰러움으로 남는 꽃이 바로 민들레다. 하지만 꽃 그 자체를 보면 얼마나 예쁘고도 눈부시도록 화려한 꽃인가.

우리 문학관 화단 끝자락 처마 밑, 그것도 물받이 부근 하수구가 있는 그 어름에 민들레가 두 포기 자라고 있다는 걸 내가 진작부터 모르고 있지 않았다. 그래도 나는 그들을 뽑지 않았다. 사람들 발자국 소리가 들릴 때마다 녀석들은 얼마나 겁을 먹었을까. 그런 끝에 오늘 녀석들이 꽃을 활짝 피운 것이다.

얘들아, 좋은 봄이야. 너희들이 추운 겨울을 벌벌 떨면서 지켜주고 견뎌줘서 찾아온 봄이야. 너희들이 만들어준 봄이라고 할 수 있겠지. 너희들도 이 좋은 봄날 한철 예쁘게 꽃을 피우면서 잘 놀다가 가거라. 분명 민들레들도 내 말을 속으로 알아들었을 것이라 믿는다.

웬만큼 풀꽃 이름을 아는 사람이라도 '꽃마리'란 이름을 아는 사람은 그다지 많지 않을 것이다. 우리나라 풀꽃 이름은 매우 진솔하고 직설적이다. 어떤 경우엔 좀 민망하기까지 한 이름도 있다. 며느리밑씻개, 며느리밥풀꽃 같은 꽃 이름들이 그러하지만 매우 사랑스러운 이름의 풀꽃들도 있다.

고마리, 얼레지, 봄맞이꽃, 제비꽃, 밥보재, 냉이, 꽃다지, 은방울꽃, 초롱꽃, 솜다리, 여뀌, 사위질빵, 미나리아재비, 쇠별꽃 등등. 그런 가운데 꽃마리란 이름도 매우 예쁜 이름이다. 차라리 앙증맞은 이름이라 그럴 것이다. 하지만 이 풀은 그냥 아무렇게나 다른 풀들과 어우러져 살다가 가는 풀이다.

더구나 이파리나 꽃이 크지 않고 매우 작다. 눈에 잘 띄지 않는다. 사람들이 이 풀꽃을 잘 모르는 건 어쩌면 당연한 일인지 모른다. 그렇게 졸렬하고 졸렬한 꽃이다. 하지만 정말로 자세히 보고 오래 보기만 하면 그럴 수 없이 예쁘고 사랑스러운 풀꽃이 바로 이 녀석이다.

내가 꽃마리를 처음 알게 된 것은 50대 초반의 일이다. 우연한 기회에 풀꽃 그림을 그리기 시작하면서 주변의 풀숲을 눈여겨보는 버릇이 생긴 뒤이다. 교감으로 논산의 호암초등학교라는 시골 학교에서 근무할 때의 일이다. 학교의 담장 아래를 살피던 나의 눈에 처음 보는 풀꽃이 들어왔다.

줄기가 가냘프고 꽃도 졸렬하고 잎새도 그렇지만 줄

기의 선이 매우 유연하고 우아하기까지 하다는 느낌이 왔다. 그렇다. 저 녀석을 좀 그려보자. 나는 그 그림을 그리고 나서 얼마나 기뻤는지 모른다. 마치 백제 시대 왕관의 선을 찾아낸 듯한 마음이었다.

오늘은 월요일. 문학관이 휴관하는 날이다. 하지만 나는 이런 날 문학관에 나와 꽃밭을 손질하기도 하고 청소를 하기도 한다. 며칠 전까지만 해도 화사한 꽃으로 사람을 홀리던 문학관 옆집 산목련이 시들기 시작하면서 땅바닥에 얼룩얼룩 꽃잎을 떨어뜨려 지저분하게 되었을뿐더러 구석구석 바람에 날려온 낙엽이 쌓여 있는 걸 치우기 위해서였다.

그렇게 청소를 하다가 문학관 입구 쪽 축대 앞을 비질하고 있었다. 그때 내 눈에 들어온 녀석이 바로 꽃마리이다. 축대의 돌 틈새에 뿌리 내려 녀석이 자라고 있지 않는가. 녀석은 비교적 상태가 좋아 줄기며 잎새며 꽃이 실해 보였다. 줄기 끝에 보일 듯 말듯 눈을 뜬 꽃은 꽃이라고 하기는 차마 민망한 것이긴 했지만 말이다.

세상에 공짜로 거저 되는 일은 하나도 없다. 오늘도 내가 힘겹게 청소를 하고 계단 아래까지 비질을 하는 바람에 이렇게 오래된 친구를 다시 만나게 된 것이다. 오랜만의 해후. 특별한 해후. 처음 내가 꽃마리를 알게 된 것은 1995년경. 그로부터 올해 2023년은 28년 만의 일이다.

할미꽃

어린 시절 시골에서 자란 사람은 할미
꽃을 자주 보면서 자랐을 것이다. 적어도
나의 유년 시절, 뒷동산 묘 마당이나 풀숲
에서 아주 흔하게 만나던 꽃이 할미꽃이
다. 그런데 요즘엔 그 할미꽃이 보기 드문
꽃, 귀하신 몸이 되었다.

하지만 우리 풀꽃문학관엔 할미꽃이 아
주 많다. 문학관 뜨락 여기저기에 제멋대

로 뿌리 내려 자라는 꽃이 바로 할미꽃이다. 처음부터 우리 풀꽃문학관 뜨락에 할미꽃이 살았던 것은 아니다. 맨 처음 할미꽃을 심어준 사람이 있다.

문학관을 개관하고 그 이듬해인 2015년 5월. 야생화 연구가인 백승숙 여사가 문학관 앞 화단 소나무 밑에 몇 포기 할미꽃을 심어준 일이 있다. 다른 귀한 야생화 몇 종류와 함께 그 자리에 할미꽃을 심었던 것이다.

그런데 몇 년이 지나면서 꽃들이 하나둘씩 사라져갔다. 할미꽃도 그 자리에서 사라졌다. 그런데 놀라운 사실은 할미꽃의 깃털 씨앗이 날아가 문학관 여기저기에 싹을 틔우고 자라 꽃을 피운다는 것이다.

여기서 얻은 내 나름의 명제가 '꽃들도 사람이 살라고 하는 자리에서는 살지 않고 제가 살고 싶은 자리를 찾아서 산다'는 것이다. 정말로 할미꽃이 그랬다. 할미꽃은 자주정신이 투철하고 자기 고집이 아주 센 꽃이다.

사람이 그것을 막을 도리가 없다. 그냥 할미꽃의 고집과 자주정신을 인정하고 넘어가는 것이 차라리 마음 편하다. 할미꽃이 선호하는 땅은 햇빛이 잘 들고 조금쯤 메마른 땅. 기름진 땅, 습기를 좋아하지 않는 것이다.

참 얄궂기도 하다. 돌 틈새를 찾아가 살기도 하고 다른 꽃 사이에 끼어서도 산다. 일부러 그렇게 하라고 해도 어려운 짓을 잘한다. 마치 개구쟁이 애기와 같다. 그런데 이름이 할미꽃이니 개구쟁이 할머니라고나 그럴까.

일단 뿌리 내려 자라고 있는 꽃을 뽑아서 옮겨 심어도 안 된다. 절대로 사는 일이 없다. 그냥 죽어버리고 만다. 절명 정신이 그에게는 있는 것이다. 아무래도 할미꽃은 지조가 높고 절개가 높은 꽃이라고 말해주어야 할 것만 같다.

*

왜 멀쩡하게 비워주는 좋은 땅을 마다하고 할미꽃들은 살기 어려운 곳을 찾아가서 사는 것인지, 그들의 척

박한 삶이 궁금하다. 사서 고생을 하면서 사는 이 꽃의
마음을 사람인 나로서는 아무래도 짐작하기 어렵다
하겠다.

광대나물

공주 구시가지의 중심 부분인 반죽동에 집 한 채를 구입한 것은 지지난해(2021년) 연말의 일이다. 아무래도 풀꽃문학관 주변에 주택 공간을 하나 가져야만 할 것 같아서 젊은 부부가 오래 살던 집, 2층 양옥 한 채를 사들여 손을 보아 고쳤다.

이름하여 '나태주 집필실'이라고 하기는 했지만, 글을 쓰는 공간이기보다는 작업

하는 공간으로 사용하고 있고 그림이나 책을 보관하는 장소로 쓰고 있다. 더러는 아내 김성예가 들르고 더러는 내가 오가며 그 집을 돌보고 있다. 우리는 그 집을 '아랫집'이라 부른다.

　문학관 아랫집이란 뜻으로 그렇고, 우리가 사는 금학동 대일아파트 아랫집이란 뜻으로도 그렇다. 겨우내 보일러를 외출로 맞춰놓고 지내다가 날씨가 풀려 보일러를 끄고 난 뒤 며칠의 일이다. 예의 그 아랫집에 가보았더니 대문 앞에 꽃이 피어 있는 것이었다.

바로 광대나물이라는 이름의 풀꽃. 광대나물은 민들레나 봄까치꽃이나 냉이나 꽃다지, 꽃마리, 제비꽃 같은 풀과 함께 이른 봄, 꽃을 피우는 풀이다. 민들레처럼 이 녀석도 월동하는 녀석이다. 겨우내 죽은 것처럼 엎드려 있다가 이렇게 일찍이 꽃을 피우는 것이다.

그 정성과 생명력이 얼마나 기특한지 모르겠다. 사람들은 그저 잡풀이라고 눈여겨보지도 않고 그 이름조차 제대로 기억해 주지 않지만, 계절의 변화에 따라 어김없이 꽃을 피우면서 자신의 존재감을 드러내는 꽃이다. 사람이 알아주거나 말거나 저들의 삶을 사는 것이다.

이 얼마나 기특한 일일까 보냐. 그것도 우리 집 대문 앞 아스팔트 틈새에 어렵사리 뿌리 내려 겨울을 견디고 봄이 오자 남 먼저 꽃을 피워 제 한 생애를 자랑하는 이 조그만 생명체. 이러한 생명체 앞에서 나는 무한한 외경과 기쁨을 맛본다.

그동안 대문 앞을 비질하면서 이 녀석들을 그 자리

에 그냥 내버려둔 것이 잘한 일이구나 싶다. 언제나 나는 이런 풀꽃들 앞에서 하는 말이 있다. "봄이 와서 기쁘냐, 나도 기쁘단다." 꽃의 모양이 꼭 놀이판의 광대를 닮았다 해서 이름이 광대나물인 풀.

아닌 게 아니라 조금만 주의 깊게 풀을 들여다보면 동그란 이파리 위에 피어 있는 조그만 분홍빛 꽃이 꼭 패랭이 모자를 쓰고 있는 개구쟁이 아이 같고, 그것이 또 놀이판의 광대같이 보이기도 한다. 오보록이 모여 있는 전면의 광대나물 뒤편으로는 삐끔히 앞을 바라보며 다른 녀석들도 있다.

아무래도 그들은 호기심 많은 아이들같이만 보인다. 그 아래로는 또 불긋불긋 떨어진 꽃송이가 보이기도 한다. 나는 다시금 광대나물에게 인사를 전한다. 얘들아, 좋은 봄철이야. 너희들 세상이야. 잘 놀다들 가거라.

가슴 울렁거리는 황홀 — 명자꽃

언제부턴가 우리 문학관 영역에 스스로
찾아와 사는 나무들이 여럿 있다. 그런 나
무들 가운데 하나가 바로 이 명자나무다.
문학관 뒤란 축대 위에 있는 벌개미취 꽃
밭에 정말로 언제부턴지 모르게 찾아와
살기 시작했던가 보다. 처음엔 눈에 띄지
도 않았는데 점점 자라면서 사람들 눈에
도 띄게 되고 또 꽃이 피니 확실하게 그 정

체가 드러나게 된 것이다.

　나무들이 다 그렇다. 겨울에는 헐벗은 채 엇비슷하게 보이지만, 꽃을 피우게 되면 그 정체를 적나라하게 드러내게 된다. 그야말로 제 이름을 부르면서 꽃을 피워내는 나무들이다. 그렇다. 나무나 꽃은 꽃이 필 때 그 정체가 드러나고, 과일이나 곡식은 열매가 익을 때 그 본질이 드러나고, 인간은 살았을 때보다는 죽고 난 다음에 그 인생의 진가가 나타난다고 하리라.

예전 나 어렸던 날, 막동리 고향 집에도 명자나무가 한 그루 있었다. 그 나무 역시 뒤란에 있었는데 언덕 위에 둘러선 탱자나무 울타리 사이에 끼어 있었다. 보통 때는 전혀 그 존재가 드러나지 않지만 봄이 와서 꽃을 피울 때만 되면 '아, 저기 저런 나무가 있었구나', 식구들 모두 깨닫곤 했다. 하지만 그 나무는 어른들에게 환영을 받지 못하는 나무 같았다.

명자나무의 또 다른 이름은 산당화(山棠花). 장미과에 속하는 낙엽관목. 꽃이 피었다 진 자리에 조그만 사과 모양의 푸르고 둥그런 열매가 열린다. 그렇지만 우리 동네 사람들은 한결같이 그 꽃을 '삼태미꽃'이라 불렀고 더러는 '총각귀신꽃'이라 불렀다.

꽃의 생김새가 짚을 엮어서 만든 농기구의 일종인 삼태기(우리 동네 발음으로는 삼태미)를 닮았다 해서 삼태미꽃이고, 죽은 총각의 혼령이 실린 꽃이라 해서 총각귀신꽃일 것이다. 어쩐지 나에겐 명자꽃이나 산당화같이 일반화된 이름보다는 삼태미꽃이거나 총각귀신꽃이 정감 있게 느껴진다.

명자꽃은 빛깔이 놀랍도록 붉고 선명하다. 고혹적인 꽃이다. 고혹(蠱惑)이란 '아름다움이나 매력 같은 것에 홀려서 정신을 못 차림'의 뜻이다. 정말로 명자꽃을 바라보고 있노라면 가슴이 울렁거리면서 어디론가 빨려 들어가는 듯한 흥분이 일어난다. 이승의 빛깔을 넘어서 저승에까지 뻗쳐진 것처럼 느껴지는 빛깔이다.

아마도 이러한 진한 아리따움이 우리 집 어른들에게 미움을 받는 원인이 되었지 싶다. 지나치게 예쁘고 화려한 꽃, 사람의 마음을 홀리는 꽃이 사람 사는 집 울안에 피어 있으면 안 된다는 것이 예전 어른들의 생각이었지 싶다. 복숭아나무도 그러한 나무에 해당한다.

아니나 다를까. 우리 고향 집 뒤란 탱자나무 울타리 사이에 피어 있던 명자나무는 언제부턴가 그 모습이 보이지 않았다. 상서롭지 못하다 해서 어른들에게 미움을 받아 잘려 나간 것이 분명하리라. 하지만 나는 지금도 명자꽃을 삼태미꽃이거나 총각귀신꽃이라는 이름으로 부르고 싶고, 그 꽃 앞에서 잠시 가슴 울렁거리는 어린아이의 황홀을 맛보고 싶다.

히
아
신
스

그동안 오며 가며 남의 집 뜨락에서나 남의 집 대문 앞 화분에서 보았으리라. 히아신스꽃. 커다란 알뿌리에서 돋아 나오는 몽공몽골 하늘 구름을 끌어다 모은 듯한 꽃. 그것도 분홍색. 빨강색. 내가 가장 좋아하는 색깔은 심해선 밖 바다 물빛을 닮은 짙은 군청색 꽃.

한두 차례 알뿌리를 구해다 심기도 했

을 것이다. 그러나 번번이 꽃을 제대로 보지 못했다. 그러나 올해의 사정은 달랐다. 지난해 알뿌리를 구해다 심은 자리에서 실하게 꽃들이 피어오른 것이다. 그것도 세 포기나. 두 포기는 분홍색이고 한 포기는 군청색이다.

  그야말로 귀여운 아기 같은 꽃이다. 사람이라면 들어 올려 오랫동안 가슴에 안아주고 싶은 꽃이다. 봄볕을 한껏 받아 피어 있는 품새가 가히 정원의 주인이다.

아직은 꽃을 피워낸 나무들이 드물어 어쩔 수 없이 그렇게 되었지만 말이다.

문학관에 있는 여러 개의 방 중에는 마루로 된 방이 하나 있다. 그 방을 우리는 차방(茶房)이라고 부르고 또 손님방이라고도 부른다. 옹색한 문학관 실내지만 그래도 관광객이나 손님들이 잠시 편안하게 머물다 갈 수 있는 방을 하나 만들자 해서 마련한 방이다.

문학관 차방의 둥그런 나무 의자에 앉아 유리창 너머로 잔디밭을 멍하니 바라보고 잔디밭 귀퉁이 꽃밭에 피어 있는 히아신스 세 포기를 바라보는 시간은 나에게 그 무엇보다도 귀한 휴식과 안식을 주는 시간이다. 히아신스 세 포기를 마치 재롱떠는 어린 아기처럼 바라보는 그 잠시의 여유가 고맙지 않을 수 없다.

이제, 우리가 사는 지구의 형편이 많이 나빠지고 기후가 바뀌었다는 걸 아는 사람은 안다. 그에 따라 봄이 와 꽃이 피는 시기가 점점 앞당겨지고 있음도 아는 사람은 안다. 인간이 걱정해서 될 일이 아니지만 은근히 걱정이 안 되는 것도 아니다.

풀과 나무들은 또 진득하게 기다리면서 꽃을 피우지 않는다. 때가 되면 아무렇게

나 몸을 부리듯이 꽃을 피운다. 낭떠러지에 뛰어내리는 사람들처럼 눈 감고 꽃을 피운다. 도무지 참을성이 없고 차례도 지키지 않는다. 마치 폭죽 터트리는 것 같다.

지난해, 내가 사는 공주에 벚꽃이 핀 것은 4월 2일이었다. 그러나 올해는 3월 28일경 벚꽃이 피기 시작하더니 4월 2일이 되자 지기 시작했다. 바람에 날려서 지는 벚꽃 잎이 길바닥에 쌓여 마치 눈이 새하얗게 내린 것처럼 보였다.

꽃비라 그럴까. 꽃눈이라 그럴까. 함께 걸어가 주는 사람도 없이 나는 공주고등학교 기와 담장 아래를 자전거를 타고 가다가 내려서 한동안 벚꽃이 바람에 날리기도 하고 길바닥에 쌓여 눈처럼 된 것을 바라보았다. 넋 놓고 한참을 바라보았다.

흔히 사람들은 벚꽃을 일본 꽃이라고 말한다. 일본인들이 자기네 나라꽃처럼 여기니 일본 꽃이라고 해도 어쩔 수 없는 일이겠지만 우리나라 땅에 사는 벚꽃은 어디까지나 우리나라 꽃이다. 굳이 그걸 일본 꽃이라 우기고 미워하고 핀잔할 일은 아니다.

봄에 피는 꽃 가운데 제일 화려한 꽃이 벚꽃이다. 꽃의 개체 수가 많고 또 나무 전체가 꽃송이로 뒤덮이다 보니 자연스레 사람들 눈에 잘 드러나도록 되어 있다. 그래서 어느 사이엔가 우리에게도 벚꽃은 봄을 대표하는 꽃이 되었다.

벚꽃이 피면 '또다시 봄이 왔구나', 그렇게 생각하고 또 벚꽃이 지면 '올해도 봄이 가는구나', 그렇게 생각한다. 벚꽃이야말로 봄을 대표하는 꽃이다. 어렵사리 겨울을 보내고 새 생명을 자랑하며 피어나는 벚꽃을 보면서 사람들도 다시금 살아나는 목숨이고 싶어 한다.

벚꽃이 만개했을 때 바람이 세게 불거나 비가 내리면 그만큼 빨리 벚꽃이 지도록 되어 있다. 올해도 그건 그랬다. 마치 벚꽃이 핀 것을 시샘이라도 하는 듯 바람이 불고 또 비가 내렸다. 봄 가뭄이 심하다가 고맙게도 단비가 내린 것은 4월 3일과 4일.

다음 날인 5일 자전거를 타고 문학관으로 가다 보니 공주 시내에 벚꽃이 깡그리 지고 없었다. 언제 내가 꽃 피운 일 있었더냐는 투로 벚나무들은 멀뚱한 표정으로 사람을 내려다보고 있었다. 마치 한바탕 꿈을 꾼 듯하고 누군가로부터 보기 좋게 속아 넘어간 것 같다.

꽃이 피었다가 지고 한 차례 비가 내리고 바람이 불더니 기온까지 뚝 떨어져 쌀쌀한 날씨가 되었다. 이른바 꽃샘추위. 꽃나무들은 괜히 꽃 피웠다 싶어 후회하는 마음이 아닐지 모르겠다. 잠시만이라도 벚꽃과 대면했으니 올해도 나는 씩씩하게 살아볼 일이다.

개
나
리

이름이 천하다. '나리'란 이름에 '개' 자
가 붙은 꽃. 우리의 어법상 개 자가 붙은
말은 모두가 천하거나 흔하거나 하찮은
것들이기 십상이다. 어쩌면 개나리꽃의
꽃 모양이 나리꽃의 그것처럼 종 모양으
로 되었기에 개나리라 이름했을 것이다.

시골 버려진 땅 아무 데서나 뿌리 내려
잘 자란다. 심지어 줄기에서도 뿌리가 나

와 번식한다. 줄기가 땅에 닿기만 하면 거기서 뿌리가 나와 새로운 개체가 된다. 참 편리한 번식 방법이다. 울타리 꽃으로 많이 심었다. 황매화나 화살나무, 조팝 나무 같은 나무와 함께.

이런 나무들은 아무리 자라도 큰 나무로 변하지 않는다. 가느다란 줄기를 그대로 유지하면서 덤불처럼 자란다. 그것이 또 그들의 쓸모가 아닐까 싶다. 그렇게 개나리꽃이야말로 울타리 꽃으로 적격인 나무다.

일 년 내내 그저 그런 모습으로 서 있다가 이른 봄 한철을 꽃을 피우면서 자기 자신을 드러낸다. 꽃이라 해도 황금빛 샛노란 꽃이다. 휘늘어진 개나리 가지에 다닥다닥 꽃이 매달린 모습을 보고 있으려면 마치 하늘에서 황금이 쏟아지는 듯한 환상을 느낀다.

그야말로 황금의 폭포다. 그러니, 흥분하지 않을 수 없고 눈길이 아니 갈 수 없는 일이다. 한 시절 나는 개나리꽃 울타리를 보면서 크게 반하여 시를 여러 편 쓴 일이 있다. 그 가운데 한 편이 《막동리 소묘》란 4행 시집에 들어 있는 다음과 같은 시이다. 이 속에 30대 초반의 내 젊은 숨결이 들어 있다.

개나리 꽃대에 노랑 불이 붙었다, 활활.
개나리 가늘은 꽃대를 타고 올라가면
아슬아슬 하늘나라까지라도 올라가 볼 듯……
심청이와 흥부네가 사는 동네까지 올라가 볼 듯…….
— 나태주, 〈막동리 소묘 · 161〉

3장

너를 두고
내가 어찌하면
좋으랴

오랑캐꽃이거나 앉은뱅이꽃 — 제비꽃

제비꽃이 왜 제비꽃일까? 겨우내 따뜻한 나라로 떠났던 제비가 우리 땅으로 찾아올 때 피는 꽃이라 해서 제비꽃일까? 이용악이란 시인의 시에서 보면 제비꽃은 '오랑캐꽃'이 되고, 유치원 아이들이 노래로 부르면 앉은뱅이꽃이 된다.

　— 긴 세월을 오랑캐와의 싸움에 살았다는 우리의
머언 조상들이 너를 불러 '오랑캐꽃'이라 했으니 어찌
보면 너의 뒷모양이 머리채를 드리운 오랑캐의 뒷머
리와도 같은 까닭이라 전한다 —

　아낙도 우두머리도 돌볼 새 없이 갔단다
　도래샘도 띳집도 버리고 강 건너로 쫓겨 갔단다
　고려 장군님 무지무지 쳐들어와

오랑캐는 가랑잎처럼 굴러갔단다

구름이 모여 골짝 골짝을 구름이 흘러
백 년이 몇백 년이 뒤를 이어 흘러갔나

너는 오랑캐의 피 한 방울 받지 않았건만
오랑캐꽃
너는 돌가마도 털메투리도 모르는 오랑캐꽃
두 팔로 햇빛을 막아 줄게
울어 보렴 목 놓아 울어나 보렴 오랑캐꽃

— 이용악, 〈오랑캐꽃〉 전문

· 도래샘: 빙 돌아서 흐르는 샘물.

· 띳집: 띠(볏과의 여러해살이풀)로 지붕을 이어 지은 집.

· 털메투리: 짐승의 털을 꼬아서 만든 짚신 모양의 신.

진정으로 우렁찬 절창이다. 일찍이 내가 시를 공부

할 때, 청소년 시절 이런 시를 마음 놓고 읽었더라면 나의 시의 뼈대가 좀 더 굵어지고 튼실해졌을 것이란 아쉬움이 없지 않다.

겨우 내가 이 시를 처음 알게 된 것은 1971년 신춘문예에 시가 당선되어 시인으로 등단한 뒤 대전에 살고 있던 박용래 시인을 만나고서부터다. 시인은 술을 마시면 마신 술의 양만큼 눈물을 흘렸고 취중에 특별한 언행 보이기를 좋아했다.

한번은 대전시 오류동 소재, 시인의 집에 들러 다른 시인들이랑 함께 술을 마시고 있었다. 술잔이 돌아가고 거나하게 술이 오른 시인이 벌떡 일어나 외운 시가 바로 이용악의 명편 〈오랑캐꽃〉이었다. 동석한 그 누구도 그 시가 누구의 작품인지 아는 사람이 없었다.

목통이 크고 비통한 느낌마저 드는 시. 그래서 그랬던가, 시인은 시를 외우며 소리 내어 울기 시작했다. 성질이 급한 내가 나서서 물었을 것이다. "선생님, 그 시는 누구의 시인가요?" 울면서 시를 외우던 시인의 얼굴이 돌변하면서 좌중을 훑어보면서 외치듯 말했다.

"야, 내가 어찌 이용악의 〈오랑캐꽃〉이란 시도 모르는 니들하고 술을 먹어야 쓰겠니!" 그것은 차라리 경멸이었다. 아, 저런 시도 있었구나. 이용악의 〈오랑캐꽃〉이란 시. 그래서 간신히 알게 된 시가 바로 위의 작품이다.

시의 서사(序詞) 부분에 왜 제비꽃이 오랑캐꽃인지 답이 나온다. '어찌 보면 너의 뒷모양이 머리채를 드리운 오랑캐의 뒷머리와도 같은 까닭'이 바로 그것이다. 아닌 게 아니라 제비꽃을 주의 깊게 보면 무방비 상태로 '헤' 하니 입술을 벌린 꽃송이 뒤로 길슴한 머리꼭지가 보인다.

이 머리꼭지가 마치 오랑캐의 머리채, 즉 변발(辮髮)을 닮았다 해서 이름이 그렇게 붙여진 것이란 사연이다. 변발이란 몽골족이나 만주인의 풍습으로, 남자의 머리를 뒷부분만 남기고 나머지 부분을 깎아 뒤로 길게 땋아 늘인 형태를 말한다.

제비꽃은 봄이 와서 제 목숨에 겨워 한세상 살고자 꽃을 피우기도 하는 것이련만, 사람들은 그러한 제비꽃 하나에도 사연을 담고 싶어 하고 이야기를 만들어 들려주고 싶어 한다.

제비꽃도 민들레나 꽃마리나 봄까치꽃과 같이 봄이 오기만 하면 남 먼저 꽃을 피우고 싶어 안달하는 꽃이다. 흔히 제비꽃은 진한 보랏빛이지만 연한 하늘색도 있고 하얀색도 있고 노란색도 있다. 우리 문학관 뜨락에는 그런 제비꽃들이 모두 피는데 다만 노란색 제비꽃만 없다.

하기는 하얀색 제비꽃도 귀한 꽃이다. 이 꽃은 우리 문학관의 관장인 조동수 선생이 일부러 캐다가 심어 줘서 해마다 피는 꽃이다. 제비꽃이 피는 봄이 찾아오고 그런 가운데 하얀 제비꽃을 만나면 제비꽃 속에서 그 꽃을 캐다가 심어준 사람의 꽃다운 마음도 떠올려 보곤 한다. 그렇게 올해도 봄날이 유장하게 천천히 뒤를 돌아보며 흘러가고 있다.

바라보기만 해도 안쓰러운 ─ 앵초꽃

이 일도 이제는 제법 오래전 일인가 보다. 지금부터 10여 년 전 나는 교직에서 정년 퇴임한 뒤 고맙게도 새로운 직장을 얻어 봉사하는 기간이 있었다. 8년 동안. 그 시절에 만난 사람의 이야기다. 그는 20대 중반의 여성. 나와 나이 차이는 40년.

처음에 그녀는 그저 불특정 다수 가운데 한 사람이었다. 그런데 어느 날부턴가

그녀가 나에게 소중한 사람, 유의미한 사람으로 바뀌었다. 그녀의 아버지가 급하게 세상을 떠난 것이다. 실상 그녀의 아버지는 나보다 나이가 훨씬 아래였던 사람.

아버지를 일찍 떠나보내고 슬퍼하는 딸아이가 남 같지 않았다. 측은지심(惻隱之心). 그로부터 그녀는 나에게 소중한 사람이 되었다. 바라보기만 해도 안쓰러운, 생각만 해도 가슴이 아픈 사람이 되었다. 이를 어찌하면 좋단 말이냐, 탄식이 절로 나왔다.

그런 뒤로 나에게 새로운 시들이 쓰였다. 쓰이더라도 아주 많이 쓰였다. 그녀가 준 영혼의 선물이었다. 내 인생 후반기에 좋은 시, 마음이 말랑말랑해지는 시, 촉기 있는 시를 찾으라면 거의 모두가 그녀로부터 받은 시들이다.

그 시기에 내가 처음 보고 또 처음 이름을 익힌 꽃이 바로 앵초꽃이다. 작은 키에 어딘가 모자라 보이는 외모. 그렇지만 아리따워 가슴에 와서 안기는 듯한 눈물 겨운 서정의 물결.

어찌하랴, 너를 두고 내가 어찌하면 좋으랴, 꽃을 보면 지금도 그런 마음의 속삭임이 들리는 듯싶다. 우리 문학관 뜨락에 이러한 앵초꽃이 심겨 자라고 있음은 말할 것도 없는 일. 아래에 옮기는 시는 그 시기에 쓰인 작품이다.

바라보기만 해도

가슴이 아프고

생각만 해도
눈물 맺혔다

도대체 너는
어디에 숨었다가

이제야 내 앞에
나타난 것이냐……

안아보기도 서러운
내 아기 내 아씨.

— 나태주, 〈앵초꽃〉 전문

새봄의 전령 — 진달래꽃

　　예전 어렸을 적, 시골에 살 때의 이야기다. 장난감이며 놀이기구도 마땅찮고 심심한 남자아이들이 가끔은 동네 처녀애들을 상대로 하여 놀려줄 때가 있었다. 분명 짓궂은 일이요 오늘에 와서 안 좋은 일이지만 그 당시에는 그런 생각 없이 스스럼없이 하던 놀이 같은 것이었다.

　　진달래. 난달래. 연달래. 동네 처녀 가운

데 혼기가 딱 맞는 처녀를 보고서는 진달래라 불렀고 혼기가 조금 지난 처녀를 보고서는 난달래, 어린 처녀를 보고서는 연달래라 불렀다. 놀림을 받는 쪽에서는 당황스럽고 싫은 일이었지만 하는 쪽에서는 재미있는 일이기도 했을 터이다.

진달래. 우리나라 야산 어디서나 뿌리 내려 자라는 나무다. 교목이 아닌 관목. 김소월의 대표 시에 나오는 바로 그 '진달래꽃'이다. 큰 나무 밑 조금쯤 응달진 땅을 살살 기어다니면서 잘도 살아가는 생명력 강한 나무 가운데 하나다. 봄소식을 남 먼저 알리는 꽃이다. 새봄의 전령(傳令)이라고나 할까.

우리 풀꽃문학관은 공주 지역에 남아 있는 오직 한 채의 일본 가옥이다. 이른바 적산가옥(敵産家屋)인 셈. 사람에 따라서 이런 집은 마땅히 없애버려야 한다는 주장이 있을 수 있고, 그런대로 의미를 부여해서 보호해야 한다는 의견이 있을 수 있을 것이다. 다 같이 유미의한 의견이다.

어쨌든 풀꽃문학관은 공주시의 입장에서는 유일무이한 일본 가옥의 완전 형태요, 문화재로 보존해야 할 소중한 대상임은 분명하다. 그렇기 때문에 나는 이 집을 문학관으로 꾸민 뒤, 서둘러 우리나라 국화인 무궁화꽃을 구해다 심고 또 꽃밭 귀퉁이에 진달래꽃 두 그루를 심었다.

박토라 그런지, 조건이 맞지 않아 그런지 진달래 역시 잘 자라지 않았다. 심은 지 올해로 3년. 겨우 올해 봄에야 진달래가 꽃을 피웠다. 그것도 두 그루 가운데

왼쪽의 진달래만 몇 송이의 꽃을 매달았다. 진달래꽃은 그 꽃 빛깔이며 생김새가 안쓰러운 모습인데 이렇게 꽃을 피운 진달래는 더욱 안쓰럽다.

내년에는 더욱 실하게 자라 더 많은 꽃을 피워주겠지. 그것은 나에게도 하나의 소망이고 꿈이다. 그렇다. 내년에는 더욱 여러 송이의 진달래꽃을 보겠지, 그것조차 꿈이 되고 소망이 된다는 말이다. 이렇게 인간의 소망은 큰 것이 아니고 작은 것에서부터 비롯된다.

나를 잊지 마세요 — 물망초

얼마 전까지만 해도 이런 꽃이 있는 줄
몰랐다. 이름으로만 듣고 이야기 속 꽃이
려니만 생각했었다. 어느 날 공주 구도심
중심가 유명한 한옥 카페인 '루치아의 뜰'
에 갔을 때 거기서 물망초꽃을 처음 보았
다. 집주인 석미경 씨가 그 꽃 이름이 물망
초라 일러주었다.

꽃의 생김새며 꽃 빛깔이 별스럽지 않

앉다. 그냥 풀숲에 내던져진 채 자라는 꽃 같아 보였
다. 다글다글 조그만 꽃들이 엉겨 붙은 꽃송아리. 연한
하늘빛 꽃 빛깔. 창백하다면 창백해 보이는 꽃이었다.
왜 이런 꽃이 그렇게 유명해진 것일까.

　스토리텔링, 이야기의 힘이 크게 작용해서 그럴 것
이다. 예전, 서양의 어느 나라, 두 젊은이가 사랑하는
사이였는데 여자 애인이 남자 애인에게 벼랑 위에 피
어 있는 꽃을 꺾어달라 해서 그 꽃을 꺾으러 벼랑으로

올랐다가 힘겹게 꽃을 꺾기는 했으나 그만 불행하게 도 떨어져 죽었다는 것.

그때 남자 애인이 꺾어 던진 꽃이 바로 이 꽃, 물망 초였고 여자 애인에게 마지막으로 남긴 말이 바로 '나 를 잊지 마오'였다고 한다. 영어로 말하면 'forget me not'이 되고 우리말로 바꾸면 물망초(勿忘草)가 된다. 믿기 어려운 이야기지만 이야기는 이야기니까 아름답 게 예쁘게 인정해 주어야 할 일이다.

우리 문학관에도 몇 년 전 이 꽃을 심은 적이 있었 다. 그러나 그 꽃은 한 해만 살다가 다음 해에는 사라 지고 없어져 버렸다. 그런데 올해 또다시 물망초꽃이 생겼다. 야생화 연구가인 백승숙 선생이 우리 문학관 꽃들을 정리하면서 정성껏 심어준 꽃이다. 몇 년 전에 심은 꽃처럼 한 해만 살다가 다음 해에 사라져버리는 꽃이 되지 않기를 바랄 뿐이다.

〈꽃〉의 시인으로 유명한 김춘수 시인에게 물망초에 관한 시가 있다. 그러나 이 시는 시인의 개인 시집에 들어간 작품이 아니고 시인이 다른 시인들의 시들을 모아 편집한 시집에 서문처럼 써서 넣은 시편이라 시인조차도 자신이 쓴 시로 인정하지 않는 시이다. 하지만 시가 예뻐서 많은 이들이 사랑하고 아끼는 작품 가운데 하나다.

부르면 대답할 듯한
손을 흔들면 내려올 듯도 한
그러면서 아득히 먼
그대의 모습,
── 하늘의 별일까요?

꽃피고 바람 잔 우리들의 그 날,
── 나를 잊지 마셔요.
그 음성 오늘따라
더욱 가까이에 들리네
들리네
── 김춘수, 〈물망초〉 전문

빙
카
마
이
너

꽃 가운데는 묘한 꽃도 있다. 빙카 마이너가 그런 꽃이다. 대개 꽃은 나무나 풀에서 피어난다. 그러나 빙카 마이너는 풀도 아니고 나무도 아닌 그런 형태의 꽃이다. 땅바닥을 기면서 자라는 넝쿨 형태의 식물에서 꽃이 피는 것이다. 더러는 줄기나 이파리가 살아 있는 형태로 겨울을 나기도 하니 굳이 숙근초라 부르기도 어렵겠다.

이름이 또 그러하다. 빙카는 빙카인데, 마이너인 빙카란다. 그러므로 빙카 메이저란 꽃도 있나 보다. 빙카 메이저가 크고 화려한 꽃이라면, 빙카 마이너는 그보다 크기도 작고 화려하지도 않은 소소한 꽃이란 뜻인가 보다. 야튼 우리 문학관에서 피는 꽃은 빙카 마이너이다.

애당초 누군가 한두 뿌리 가져다 심어주었을 것이다. 그것들이 번져, 문학관 여기저기 여러 곳에서 꽃을 피우고 있다. 청옥빛 파란색 꽃. 파란색은 유독 내가 좋아하는 색깔. 그러니 내가 빙카꽃을 좋아할 수밖에. 파란색 빙카꽃을 보고 있노라면 내 마음이 하늘이 된 것 같고 바다가 된 것 같기도 했으리라.

그런데 이 녀석들의 문제점은 번식력이 지나치게 강하다는 점이다. 빙카도 개나리나 영춘화처럼 줄기에서 뿌리를 내려 번식하는데, 줄기로 땅바닥을 기다가 기회만 되면 뿌리를 내려 새로운 개체로 독립한다. 그러다 보니 문학관 여기저기 이 녀석들이 피어나게 된다. 보는 사람에 따라 지저분하다고 어수선하다고 핀잔할 수도 있겠다.

그래도 나는 빙카를 사랑한다. 차라리 그 끈질긴 생명력을 사랑하고 파랑 꽃 이파리를 사랑하는지도 모른다. 다른 사람들은 이 꽃을 미워하고 무시하고 그래도 나는 이 꽃을 앞으로도 사랑하며 아끼면서 바라볼 것이다. 얘들아. 너무 걱정하지 마. 내가 너희들을 좋아하고 사랑하잖니. 그러니 오래오래 내 옆에 있어 다오. 해마다 때가 되면 내가 꿈꾸는 푸른 하늘과 먼바다 물빛을 가져다 펼쳐다오.

내가 이 꽃을 맨 처음 본 것은 1995년 중
국을 통해서 백두산에 올랐을 때다. 장백
폭포 아래 언덕 위에 이 꽃의 군락지가 있
어 꽃들이 지천으로 피어 있었던 것이다.
그래서 백두산 하면 매발톱꽃이고 매발톱
꽃이면 백두산을 떠올리곤 한다. 그 뒤 한
차례 딸아이 민애와 함께 백두산에 갔을
때도 무엇보다도 먼저 장백폭포 아래 언

덕에 가서 매발톱꽃을 배경으로 딸아이와 함께 사진을 찍기도 했던 것이다.

꽃의 모양새가 특별했고 또 꽃 빛깔이 진한 하늘빛이라서 좋았다. 다소곳이 아래를 보고 고개를 수그린 모습이 꼭 기도드리는 수줍은 아낙네인 것 같다. 그런 뒤로 이 꽃이 많이 퍼졌다. 야생화를 좋아하고 야생화를 연구하는 사람들이 이 꽃을 많이 보급하여 이제는 대한민국 어디서나 사는 꽃이 되었다. 일년초가 아니고 숙근초다. 풀의 형태로 싹을 내밀고 이파리를 내밀고 꽃을 피우고 자라다가 가을 오면 시들고 뿌리로만 살아서 겨울을 난다.

우리 문학관에도 여러 군데 매발톱꽃이 자라고 있다. 이 녀석도 고산지대 외롭게 살던 녀석이라 기름진 땅 좋은 땅을 좋아하지 않고 버려진 땅 구석진 땅 척박한 땅을 찾아다니며 산다. 참 그런 걸 보면 꽃들의 속내를 잘 모르겠다. 결국은 자기 습성대로, 자기 체질대로 살겠다는 건데 이 또한 사람이 말리고 달래서 억지로 될 일이 아니다.

어쩔 수 없이 '너 살고 싶은 대로 살아라', 그들의 고집을 인정해 주고, 그들이 뿌리 내려 사는 땅을 보호해 주고, 그런 방식으로 타협할 필요가 있다. 이 매발톱꽃은 화단의 영역을 벗어나 마당에서 사는 녀석이다. 그것도 마당의 하수구를 가린 철망 어름에 뿌리 내려 사는 녀석이다. 참 녀석의 고집이 얄궂다 싶다.

애당초 꽃의 이름이 매발톱꽃이다. 꽃의 생김새가 매나 독수리의 발톱처럼 날카로운 모습이라서 매발톱꽃일 것이다. 그런데 서양 사람들은 이 꽃을 '어릿광대의 달', '어릿광대의 애인'이라 부르기도 하고 특별히 장미매발톱꽃을 '할머니의 보닛', 즉 '할머니의 모자'라 부르기도 한단다. 꽃의 이름을 지을 때도 한국인들은 자연에서 빌려 오지만 서양 사람들은 인간에게서 가져온다는 걸 보여주는 한 사례다.

식물도감에서 보면 매발톱꽃은 6~7월에 피는 여름 꽃으로 되어 있는데 요즘은 아예 4월에 꽃이 피었다가 진다. 적어도 1개월이나 1개월 반 정도는 절기가 빨라진 것이다. 이런 꽃들을 보면서도 나는 지구의 가쁜 숨

소리를 듣는 것 같아 큰일이다 싶은 생각이다. 꽃을 보는 마음이 내내 기쁘고 즐겁고 편한 것만은 아니다.

양
지
꽃

시골 사람들은 그냥 뱀딸기꽃이라 부르는 꽃이다. 꽃이 피고 진 자리마다 아주 작은 딸기 모양의 열매가 열리는데, 그 열매를 뱀이 먼저 와서 입을 대고 가는 열매라 해서 사람들이 먹지 않고 이름만 그렇게 부른다.

논두렁길이나 언덕길, 비어 있는 땅이면 어디든 자리 잡고 잘 자란다. 봄이 오면 거의 제일 먼저 꽃을 피우는 꽃이라 해서 양지꽃이다. 아니다. 양지바른 땅, 햇빛 잘 드는 자리를 찾아다니며 살기에 양지꽃이다.

우리 문학관에 있는 양지꽃은 충북 옥천에 있는 김명수 시인네 별장에서 가져온 녀석이다. 아내와 함께 방문했을 때 마침 김 시인네 집 정원에 핀 양지꽃을 보고 아내가 이쁘다며 한 포기 데리고 가자 그래서 비닐봉지에 담아 가지고 온 녀석이다.

그 녀석이 자라서 이제는 커다란 원형 모양으로 번졌고 그 옆으로는 새로운 포기를 분가시키기도 했다. 흔한 꽃이지만 봄이 오면 제일 먼저 꽃을 피우는 녀석이라 두고 볼 만하다. 무엇보다도 샛노란 꽃잎이 예쁘고 앙증맞다. 위에서 보면 한 집안이 그렇게 의초로울 수가 없다.

문득 '가화만사성(家和萬事成)'이란 말이 떠오른다. 서로 모이고 어울렸으되 서로 조화를 이루며 다투지 않음이 보기 좋다. 제 능력껏 팔을 뻗어 바깥세상을 향해 꽃을 피운 모습이 조롱조롱 마치 번창한 대가족 집

안의 아이들 같다.

정말로 사람 사는 모습도 마땅히 그래야 하는 건데. 그래야 하는 건데. 꽃을 바라보는 마음이 내내 부럽고 따스해진다. 그래서 다시 한번 꽃 이름이 양지꽃이 아닌가 싶다.

내가 이 꽃을 맨 처음 주의 깊게 바라보기 시작한 것은 중년의 나이, 1995년 논산의 호암초등학교에서 교감으로 일할 때이다. 민들레꽃을 그린 다음에 발밑에 깔린 조그만 꽃들을 조심스럽게 바라볼 때 이 녀석 역시 보였던 것이다.

그래서 나는 퇴근길 바쁜 시간을 아껴 논두렁 길에 주저앉아 이 녀석의 모습을 연필로 그리기도 했다. 그림으로 그려보니 이 녀석의 생김새가 여간 멋스러운 것이 아니었다. 특히 잎새와 꽃 이파리와 줄기의 어울림이 그러했다. 그것 또한 나에게는 소중한 기쁨이요 발견의 순간이었다.

봄에 피는 꽃인 매화는 종류가 많다. 그래서 자칫 혼동하기 쉽다. 우선 관목으로 자라는 매실나무를 매화나무라고 부른다. 봄이 오기 전 눈발 속에 피는 설중매가 있고 색깔이 하얀 백매와 색깔이 붉은 홍매가 있다. 세 가지 모두 꽃 피는 시기나 꽃 모양이나 색깔이 다르지만, 나무로 자라고 또 꽃 핀 자리에서 매실이 열린다는 점

에서는 공통이다.

그리고 옥매라 부르는 매화가 있다. 조그만 관목으로 자라는데 새하얀 솜덩이 같은 꽃이 당알당알 피어 정원수로 사랑받는 나무다. 그리고 또 한 가지는 황매화다. 우리나라 토종의 황매화는 꽃잎이 홑잎이고 샛노란 것이 여간 화려한 게 아니다. 주로 그늘진 땅에서 덤불 형식으로 자란다. 계룡산 갑사 오름길 나무 수풀 아래에 집단으로 자라고 있는 걸 보았다.

그런데 노란색 황매화 가운데 변종이 있다. 일본 원산이라고 그러는데 황매화와 같은 노란색이고 겹으로 피면서 토종의 황매화보다 무성하게 자란다. 꽃 빛깔도 화려하게 보인다. 그래서 이 겹으로 피는 황매화를 선호하는 경향이고 또 울타리용으로도 쓰이고 있는 실정이다.

정확하게 말하면 겹으로 피는 황매화는 죽단화다. 하지만 일반적으로는 그저 황매화라고 부르고 또 겹황매화라고도 부른다. 명칭이야 조금쯤 혼동이 있다 한들 어떠랴. 그냥 우리는 황매화라고 부른다. 그 겹황매화가 우리 문학관 옆집 둔덕에 집단으로 서식하고 있다. 꽃이 피었을 때 보면 장관이다. 멀리서 보면 샛노란 불이 붙은 듯 화려하다.

그 황매화가 경계를 넘어 우리 문학관 입구 둔덕으로까지 번졌다. 역시 꽃이 필 때면 우리 문학관 입구도 노랑 등불이 밝혀진 듯 눈부시게 보인다. 올해도 꽃철에 이 황매화가 한몫을 했다. 오가는 사람들이 발길을 멈추어 사진도 찍고 오랫동안 바라보고 지나가기도 했으므로 문학관의 봄 풍경을 위해 한몫 톡톡히 감당한 셈이다.

황매화꽃 덤불 속에는 산새들이 와서 집을 짓고 살기도 한다. 새들이 보기에도 그 부근이 가장 안전한 저들의 쉼터라고 여겼기 때문일 것이다. 이제는 노란색 꽃 덤불이 무너지고 초록색 잎새의 궁전으로 바뀌었다. 날마다 그 곁을 오가면서 혹시나 새소리라도 그 안에서 들리나 싶어 발자국 소리를 줄이면서 조심조심 지나기도 한다.

금낭화

금낭화는 얼핏 기르기 손쉬운 것 같으면서도 제법 까탈스러운 꽃이다. 애당초 백승숙 선생이 금낭화를 심어준 곳은 문학관 앞쪽의 화단이었다. 두 차례나 정성껏 꽃을 심었음에도 그 자리에서 꽃들은 사라지고 말았다. 깡그리 증발이라도 한 듯 그렇게 되었다.

우선 금낭화는 물 빠짐이 좋은 땅에서

자란다고 한다. 뿌리가 굵은 나무와 같아서 습한 땅에서는 도무지 자라지 않는다는 것이다. 해마다 이른 봄이면 금낭화를 보는 것이 또 하나의 기다림이요 낭만이라고 생각한 나에게 그것은 여간 실망스러운 일이 아니었다.

사연을 듣고 작년 봄에 다시 백승숙 선생이 금낭화를 몇 포기 또 심어주었다. 이번에는 잔디밭 한구석에 있는 둥근 화단에 꽃을 심었다. 그러면서 백 선생은 당부를 잊지 않았다. 금낭화는 물기를 그다지 좋아하지 않으니 지나치게 물을 주지 않는 것이 좋다고.

그러니까 문학관 앞부분 화단에 심은 금낭화를 모두 잃어버린 것은 내가 지나치게 물을 자주 준 탓이란다. 뿌리가 상해서 그렇게 되었다는 것이다. 꽃들은 저마다 습성과 자라는 특징이 있다. 주로 햇빛과 수분에 대한 선호도가 각기 다른 것이다.

그러기에 나는 문학관 꽃밭에 대한 일을 아무에게나 부탁하거나 맡기지 않는다. 주로 풀 뽑기와 물 주기에 관한 것이다. 더러 자청해서 도와준다 해도 거절하는 형편이다. 그렇게 까다로운 금낭화가 올해는 몇 포기 꽃을 피웠다. 다행한 일이고 기쁜 일이다.

금낭화(錦囊花). 비단 주머니[錦囊]를 닮은 꽃. 꽃 이름이 참 곱다. 아닌 게 아니라 금낭화를 그윽이 바라보고 있노라면 가는 꽃가지에 조롱조롱 매달린 꽃들이 크고 작은 비단 주머니처럼 보인다. 초롱처럼 보이기도 한다.

금낭화 앞에서 나는 자칫 어린아이로 돌아간다. 아니, 어린아이로 돌아가고 싶어 한다. 어머니, 어머니. 지금은 세상에 계시지도 않은 어머니를 불러보고 싶어진다. 누나야, 누나야. 애당초 나에게는 있지도 않았던 누나를 세상 어디인 듯 불러보고 싶어진다.

올봄에 비록 몇 송이 꽃을 피우지는 않았지만 잘 자라고 잘 견뎌서 내년 봄에는 더 많은 꽃을 피워주기를 바란다. 그것이 또 한 해 어렵게 견디면서 살아가는 까닭이고 또 새로운 봄을 기다리는 중요한 사연이 된다.

가장 좋은 때

오늘은 인천 쪽에 일정이 있어 강연하러 가는 날. 그래도 잠시 문학관에 들렀다 가기로 했다. 하루하루가 다르게 변하는 문학관의 꽃들을 살펴보기 위해서다. 자칫하면 내가 보지 못하는 사이 꽃을 피웠다가 시드는 녀석들도 있을 것 같다는 조바심이 나로 하여금 매일 짧은 시간이라도 문학관에 들르게 한다.

문학관을 설립한 지 벌써 10년이다. 10년 동안이나 꽃들을 저들끼리 어울려 살도록 내버려두었더니 꽃밭이 많이 어수선해졌다. 그런 꽃들을 올봄엔 정리하고 있다. 야생화 연구가인 백승숙 여사가 적극적으로 나서서 문학관의 꽃들을 살펴주어 그냥 스쳐보기에도 수월하게 가지런해졌다.

인간들은 서로 다투고 욕지거리하고 난장판으로 살아도 꽃들은 절대로 그런 일이 없다. 때가 되면 꽃을 피우고 저들만큼 꽃을 피웠다가 시들 때가 되면 시들 뿐이다. 사람들 입을 모아 봄과 가을이 점점 짧아진다고 한탄을 해도 봄은 역시 봄이고 가을은 또 가을이다.

앞뜰을 살피고 나서 뒤뜰로 향했다. 우리 문학관은 앞뜰보다는 뒤뜰이 더 넓고 그 옆에 딸린 잔디밭이 또 일품이다. 〈풀꽃〉 시비 또한 그 잔디밭에 세워져 있다. 뒤뜰로 발길을 옮겼을 때 나는 두 눈이 환해짐을 느꼈다. 눈만 그런 것이 아니고 가슴까지 환하게 열리는 듯한 느낌을 받았다.

와, 꽃이다! 환호가 절로 나왔다. 어제도 보고 그제

도 본 비슷한 꽃들이다. 그런데 왜 오늘따라 이런 느낌이 들고 환호가 나오는 걸까? 햇빛이 달랐던 것이다. 계절로 쳐서 4월 중순. 하루 가운데서도 오전 10시에서 11시 사이. 그 시간대가 바로 문학관 뒤뜰의 꽃들이 가장 예쁜 때였던 것이다.

나는 문학관 직원 연이를 큰 소리로 불러냈다. 연이야, 얼른 나와서 봐. 지금이 우리 문학관 꽃들이 제일 예쁜 때야. 지금이 가장 좋은 때야. 무슨 일인가 싶어 연이가 휘둥그레진 눈으로 밖으로 나와 내 옆에 서서 꽃들을 바라보았다. 연이는 30대 초반의 아가씨. 얼마 안 있으면 결혼할 처녀.

연이야말로 지금이 가장 좋은 때를 사는 사람이다. 〈풀꽃〉 시비 너머로 산사나무가 새하얀 꽃구름을 달고 높이 치솟아 있다. 그 뒤로는 만개한 자목련꽃이 있고 산사나무 주변에는 골담초 나무와 서부해당화, 국화꽃 모양으로 꽃이 핀다는 국화도(菊花桃)가 있고 영산홍들도 새빨간 꽃을 피우기 시작했다.

가히 꽃 천지다. 꽃들의 잔치요 꽃들의 장날이다. 꽃

들도 서로 좋아서 수군수군 귓속말로 이야기를 주고받고 그러지 않을까. 생각해 보면 결혼을 앞둔 연이만 좋은 때가 아니다. 살아 있는 모든 생명은 살아 있는 생명 그 자체로서 기쁘고 즐겁고 행복하고 또 가장 좋은 때가 아니겠는가.

그것은 나에게도 마찬가지다. 내가 오늘도 살아서 인천 주안도서관의 초청을 받아 문학 강연을 하러 가는 것 자체가 축복받은 일이요 선물 받은 일이요 기쁜 일이요 아름다운 일이 아니겠는가. 내일 다시 보자. 나는 꽃들에게 인사를 한 후 문학관을 뒤로하고 인천으로 길을 떠났다. 연이가 이런 나를 배웅해 주고 있었다.

새봄의 귀공자 ― 자목련

'나무에서 피어나는 연꽃'이라 해서 목련(木蓮)이다. 그만큼 귀티가 나고 품위가 있는 꽃이다. 목련은 두 가지다. 꽃 빛깔이 새하얀 백목련과 꽃 빛깔이 자줏빛인 자목련. 여기다가 하나를 굳이 더한다면 산목련이 있는데 이는 재래종 목련으로 새하얀 꽃인데 꽃송이의 규모가 조금 작은 꽃이다.

우리 문학관 뒤뜰에는 용케도 자목련 한 그루가 살고 있다. 대 수풀에 뿌리 내려 사는 녀석인데 원래의 나무는 죽고 그 나무 곁가지가 겨우 살아 오늘의 나무가 되었다. 대나무 숲에 치어서 가지를 위로 뻗지 못하고 문학관 아래쪽으로 뻗었다. 그러니까 심하게 구부러진 가지가 된 것이다.

우리 문학관 꽃을 돌봐주시는 또 한 분의 봉사자인 오종휘 동장님(공주시 중학동 동장님으로 정년 퇴임하셨으므로)이 기다란 나무 막대를 구해다가 구부러진 자목련 나무를 받쳐주었다. 그래서 그나마 나무의 꼴을 갖추고 목숨을 유지하고 있다. 생각하면 기구한 운명의 나무다.

그런데도 이 나무가 해마다 꽃을 피운다. 자줏빛 꽃이 여간 은근하고 기품이 있는지 모른다. 그야말로 새봄의 귀공자 같은 모습으로 살짝 뒤 뜨락에 머물다 가곤 한다. 그 자목련이 올해도 꽃을 피웠다. 다른 해보다도 더 예쁘게 실하게 꽃을 피웠다. 아마도 자목련꽃도 저를 걱정해 주고 칭찬해 주는 걸 속으로 아는 모양이다.

나로서는 생면부지의 꽃이다. 처음 보는 꽃이란 말이다. 언제부터 우리 문학관 한 귀퉁이에 와서 살았는지도 모르게 살았다. 딱 한 포기. 처음 녀석이 발붙인 곳은 문학관 건물의 남쪽 처마 밑 물받이 근처. 나름대로 양지바른 곳이다. 거기에 처음 보는 풀 하나가 나 있었다.

그걸 어떤 방문객 한 사람이 잡초인 줄

알고 무심코 뽑아버리는 바람에 내가 자지러질 듯 놀란 바 있다. 거기서 나온 말이 '문학관에 와서 시인 말을 듣지 않고서는 풀을 뽑지 마시라'는 말이고 '품으려고 하면 잡초도 꽃이고 베려고 하면 꽃도 잡초다'라는 말이다.

결국, 내가 서둘러 그 꽃을 뽑아낸 자리에 심어 그 꽃은 생명을 계속해서 유지했고 끝내 그 꽃은 꽃을 피워 그 꽃의 후손이 이어서 우리 문학관 뜨락에 피어나게 되었다. 녀석의 후손들도 자리를 별로 옮겨 다니지 않는 것 같다. 처음 뿌리 내린 장소 어름을 맴돌면서 자란다.

이 꽃은 꽃을 피우고 자라는 습성이 특이하다. 일단은 그해 봄에 어미 꽃이 꽃을 피우고 씨앗을 남긴 뒤 죽고 나면 어미 꽃이 살던 부근에 아기 꽃들이 싹을 틔워 가을을 살고 또 겨울을 넘긴다. 그렇게 겨울을 넘긴 녀석이 그다음 봄에 어미 꽃이 된다.

다시 말하면 이 녀석은 1년생 꽃이 아니라 2년생 꽃이다. 나름 귀하고 고결하고 인내심 많은 꽃이다. 그런데 또 이 녀석의 특별한 점은 다른 곳에 옮겨 심으면 잘 살지 않는다는 점이다. 제가 씨앗 뿌려져 난 땅 부근에서만 산다는 점이다. 나름, 고집과 신념이 있는 꽃이다.

꽃을 보면, 짙은 분홍색 꽃인데 꽃 모양도 화려하지 않고 단아한 대로 검소한 편이며 꽃송이마다 아랫부분에 장구채 비슷한 것을 매달고 있다. 아니 장구채 위에 꽃송이가 올라앉아 있는 모습이다. 장구채라도 열채와 궁채 가운데 끝부분이 둥근 궁채 모양이다.

그래서 꽃 이름이 장구채인가 보다. 이래저래 인간은 꽃 이름 하나 짓는 데에도 이렇게 자기 편의적이고 자기 삶 주변을 넘지 못한다. 장구채꽃. 올해도 제자리를 지켜 꽃을 피웠으니 한 생애 잘 살고 그 자리를 떠나면서 새로운 씨앗으로 새로운 아기 꽃을 남겨주기 바란다.

*

녀석이 자리 잡은 곳은 처마 밑 땅, 그리고 시멘트로

만든 현관 바닥 아래. 그것도 구석진 곳이다. 하필이면 왜 이런 곳일까, 의문이 생긴다. 그곳이 녀석에게는 좋은 곳, 알맞은 곳이었던가 보다. 나름대로 이곳은 겨울에도 햇빛이 잘 들고 바람이 없는 곳이다. 참으로 별난 꽃. 분명 내년에도 그 부근에 녀석의 후손이 싹을 틔워 자라 꽃을 피울 것이다.

모
란

《삼국유사》, 신라 선덕여왕의 이야기와 함께 나오는 그 모란이다. 중국 당나라 태종이 보낸 모란 그림에 나비와 벌이 더불어 없음을 보고 '이 꽃에는 향기가 없을 것이다'라고 대번에 예언했던 바로 그 꽃이다. 그런가 하면 정지용 시인과 더불어 한국 서정시의 대부로 일컬어지는 김영랑 시인의 시 〈모란이 피기까지는〉에 나오는

그 모란이다.

모란이 피기까지는

나는 아직 나의 봄을 기다리고 있을 테요

모란이 뚝뚝 떨어져 버린 날

나는 비로소 봄을 여읜 설움에 잠길 테요

오월 어느 날, 그 하루 무덥던 날

떨어져 누운 꽃잎마저 시들어 버리고는

천지에 모란은 자취도 없어지고

뻗쳐오르던 내 보람 서운케 무너졌느니

모란이 지고 말면 그뿐, 내 한 해는 다 가고 말아

삼백예순 날 하냥 섭섭해 우옵네다

모란이 피기까지는

나는 아직 기다리고 있을 테요, 찬란한 슬픔의 봄을.

— 김영랑, 〈모란이 피기까지는〉 전문

지금도 모란꽃을 들여다보면 신라 선덕여왕의 향기로운 숨소리가 느껴지는 듯하고 김영랑 시인의 한숨 소리 또한 들리는 듯하다. 참으로 모란은 화려한 꽃이요 아름다운 꽃이다. 부귀와 영화의 상징으로서의 꽃이다. 그 꽃 모양이 그렇고 꽃의 색깔이 그렇다. 그 무엇으로도 비교되기 어려운 화려한 꽃이다. 과연 꽃 가운데 여왕과 같은 꽃이다.

꽃송이 이파리가 여러 개 되지도 않는다. 두 겹으로 네댓 장의 꽃잎이 겹쳐 있고 중심 부분에 샛노란 꽃술

이 있다. 무엇보다도 특별한 것은 모란꽃의 빛깔이다. 진한 자줏빛이라 할까. 바라보고 있노라면 눈물이라도 고일 듯한 색깔, 극채색이다. 그냥 붉은 계통의 색깔만이 아니다. 붉은색 아래 푸른색이 살짝 겹치는 붉은색이다.

붉은색과 푸른색은 상호 대비되고 맞서는 색깔이다. 하지만 그 대비가 한데 어울리면 또 다른 조화와 눈부심을 창출해 낸다는 것! 이것은 놀라운 일이다. 음식에서 단맛을 강화하려면 약한 짠맛이 받쳐주어야 한다는 말이 있다. 그처럼 푸른색이 살짝 받쳐주는 붉은색은 그럴 수 없이 붉고 눈부시도록 찬란하고 진하다.

우리 문학관 모란꽃은 붉은 모란. 하얀 모란과 분홍색 모란을 심었으나 아직 어려 꽃을 피우지 않고 붉은 모란만 해마다 꽃을 피운다. 이 꽃은 나의 사범학교 동창인 지월자 선생이 자기네 집 마당에 있는 것을 직접 캐다가 심어준 것이다. 꽃이 필 때마다 꽃을 주신 분의 마음을 생각한다. 해마다 살아서 모란꽃을 본다는 것은 다시 한번 봄을 맞은 보람이고 기쁨이다.

그동안 우리 충청 지방에서도 모란은 대략 5월 초순
쯤 피었는데 모란 역시 성질이 급해져서 올해는 4월
중순에 꽃이 피었다가 오늘이 4월 26일, 꽃잎을 떨구
기 시작하고 있다. 아마도 5월이 오기도 전에 모란은
모두 지고 말 것이 아닌지 모르겠다. 김영랑 시인의 시
에서처럼 나의 한 해의 기쁨과 보람이 이렇게 떨어져
시들고 있는 것이리라.

공주교육대학교는 나의 모교인 공주사
범학교의 후신(後身)이다. 공주사범학교가
없어지고 그 자리에 같은 기능을 맡은 학
교가 세워졌다는 말이다. 대신, 고등학교
가 대학교로 바뀌었다.

그러므로 날마다 그 앞길을 무심히 지
나치지만 결코 마음속으로까지 무심하지
만은 않다. 마음 깊숙이 울려오는 무언가

가 있다. 그 알 수 없는 무언가가 자주 공주교육대학교를 건너다보게 한다. 날마다 보는 풍경이라 특별히 변하는 것은 없다.

그러던 어느 날, 나는 공주교육대학교 뜨락에 핀 등꽃을 보았다. 그곳은 정문이 아닌 쪽문으로 학생들이 드나드는 조그만 문이 나 있는 곳이다. 우리 모교인 공주사범학교 교문이 있던 자리도 바로 그 자리였다. 용도나 명분은 달라졌어도 학교로 들어가는 통로라는 점에서는 동일하다.

나는 무엇에겐가 끌린 듯 자전거를 끌고 그 안으로 들어가 등나무 앞에 섰다. 등나무는 구불구불 꼬인 넝쿨 줄기로 자라는 나무다. 그러므로 무언가 지지대가 필요하다. 대개의 등나무는 얼개로 집을 짓고 그 위에 줄기를 자라도록 해준다. 공주교육대학교 정원의 등나무도 마찬가지.

얼마나 오래 자란 등나무인지 밑동이 아주 굵고 튼실했다. 그 밑동에서 줄기가 나오고 자라서 꽃을 피운다. 위에서 아래로 늘어지도록 피는 꽃이다. 등꽃은 연보랏빛. 마치 자그만 등을 아래로 내려뜨린 듯하다. 줄기는 천하고 지조 없어 보여도 꽃 모양이나 빛깔은 아주 고결해 보인다.

나도 젊은 시절 고향에서 잠시 살 때, 이 나무를 좋아해서 사랑방 담장 가에 심어 길러본 적이 있다. 하지만 낙엽이 많이 떨어지고 벌레가 많이 꼬이고 더러는 뱀과 같은 동물들까지 꼬일 수 있어 아버지가 싫어하셔서 결국은 베어내고 말았다.

아버지의 생각은 그러셨다. 등나무는 자랄 때 몸을 비틀고 꼬면서 자라기 때문에 울안에 그 나무를 심으면 형제간 우애에 방해가 된다는 것이었다. '갈등(葛藤)'이란 말도 그렇다. '갈'은 칡을 말하는 갈(葛)이고 '등'은 등나무를 말하는 등(藤)이다. 서로 반대 방향으로 꼬면서 자라는 습성 때문에 갈등이란 말도 생겼노란다.

비록 그것은 그렇다 쳐도 등꽃은 아름답다. 등꽃이 피기만 하면 나는 먼 하늘의 구름을 꿈꾸고 이제는 잊힌 많은 사람들을 그리워해 본다.

그렇다. 등꽃은 나에게 그리움을 불러오는 꽃이다. 그리움 가운데서도 등꽃을 닮아서 연보랏빛 그리움. 지금은 지상에 살아 있지도 않은 사람들의 숨결까지를 느낀다.

등꽃은 본래 5월에 피는 꽃인데 요즘은 기후 변화 탓으로 등꽃 역시 4월 말에 앞당겨서 핀다. 공주교육대학교 뜨락에 핀 등꽃을 본 날도 2023년 4월 20일이다. 조금은 섬찟한 일이기도 하지만 이렇게나마 등꽃을 보았으므로 올해도 마음속으로 깜냥껏 호사를 누린 셈이다.

'등꽃' 하면 당연히 떠오르는 사람은 나의 친구였던 송수권 시인이고, 그의 시 〈등꽃 아래서〉란 작품이다. 송수권 역시 지금은 세상에 남아 있지 않은 사람이다.

한껏 구름의 나들이가 보기 좋은 날
등나무 아래 기대어 서서 보면

가닥가닥 꼬여 넝쿨져 뻗는 것이
참 예사스러운 일이 아니다.
철없이 주걱주걱 흐르던 눈물도 이제는
잘게 부서져서 구슬 같은 소리를 내고
슬픔에다 기쁨을 반반씩 어무린 색깔로
연등날 지등의 불빛이 흔들리듯
내 가슴에 기쁨 같은 슬픔 같은 것의 물결이
반반씩 한꺼번에 녹아 흐르기 시작한 것은
평발 밑으로 처져 내린 등꽃송이를 보고 난
그 후부터다.

밑뿌리야 절제 없이 뻗어 있겠지만
아랫도리의 두어 가닥 튼튼한 줄기가 꼬여
큰 둥치를 이루는 것을 보면
그렇다 너와 내가 자꾸 꼬여 가는 그 속에서
좋은 꽃들은 피어나지 않겠느냐?

또 구름이 내 머리 위 평발을 밟고 가나 보다

그러면 어느 문갑 속에서 파란 옥빛 구슬

꺼내 드는 은은한 소리가 들린다.

— 송수권, 〈등꽃 아래서〉 전문

4장

다시 꽃 필 날
기다려도
좋을까

디딤돌

우리 풀꽃문학관에 처음부터 꽃밭이 있었고 집 둘레로 디딤돌이 있었던 것은 아니다. 집을 고쳐주는 사람들이 처음엔 대충 흙으로 마당만 꾸려놓고 군데군데 영산홍 종류의 꽃만 울타리처럼 심었던 집이다. 그걸 내가 하나하나 골라서 뽑아내고 그 자리에 꽃을 심었다.

풀꽃문학관의 여유 있는 땅, 빈 곳은 어

디나 꽃밭이다. 내가 그렇게 조각조각 꽃밭을 만들고 거기에 꽃을 심었던 것이다. 그런데 토질이 나쁘고 물 빠짐이 나빠서 비가 오는 날이나 겨울철 같은 때는 땅바닥이 질척거려 영 불편했다. 신발에 흙이 덕지덕지 묻기까지 했다.

어떻게 하나? 생각 끝에 설치한 것이 오늘날의 디딤돌이다. 아예 집 둘레를 한 바퀴 도는 식으로 디딤돌을 놓았다. 디딤돌을 놓고 난 뒤 문학관을 찾은 사람들은 그 디딤돌을 따라 집을 한 바퀴 무슨 의식처럼 휘, 돌기도 한다. 그러면서 집도 구경하고 꽃도 구경하곤 한다.

디딤돌이 마련된 뒤에도 더러는 꽃밭을 밟는 사람들이 있어 나는 팻말에 '디딤돌만 밟아주세요'라는 부탁의 문장을 써서 꽃밭 몇 군데에 박아놓기도 했다. 이제는 문학관의 꽃밭과 디딤돌이 소문이 나서 문학관을 찾은 사람들이면 누구나 집을 한 바퀴 돌면서 꽃들을 구경한다.

그렇게 보내던 어느 날, 어제의 일이다. 문학관 직원

안지연 양이 특별한 소식 한 가지를 전해주었다. "원장님, 꽃들이 피니 방문객들 발걸음 소리가 작아지고 느려졌어요." "그래?" "네, 확실히 작아지고 느려졌어요." "그렇구나. 그럼 버적버적 빠르게 걷던 소리가 자분자분 느리게로 바뀌었단 말인가?" "네, 정말로 그래요."

이거야말로 반갑고 고마운 소식이다. 여기서 생각을 해보자. 오늘날 우리는 너무나 걸음이 빠르고 바쁘다. 무언가에 쫓기듯 걷고 있다. 그래서 마음이 불안하고 초조하고 때로는 우울하고 힘들기까지 한 것이다. 이제는 우리 마음속에 피어 있는 꽃들도 찬찬히 들여다볼 때가 되었다.

그래서 우리는 마음의 여유를 찾고 유연함을 얻어야 한다. 그렇지 않고서는 달리 방법이 없다. 나 자신에게 충분한 기회를 주고 기다림을 주어야 한다. 서둘러 몸만 데리고 멀리 떠나온 우리. 이제는 제자리에 멈춰 서서 뒤따라오는 마음을 좀 기다려줘야 하지 않을까?

진정으로 우리가 그러할 때, 우리는 삶의 여유를 찾고 영혼의 안식을 얻게 될 것이다. 저벅저벅 빠르게 걷는 걸음을 자박자박 느리게 걷는 걸음으로 바꾸자. 둘레둘레 고개 돌려 여기저기 피어 있는 꽃들을 바라보는 어린아이의 천진 그것으로 돌아가자. 그러할 때 우리는 진정 좋아지는 사람들이 될 것이다.

자
란

자란도 난초에 속하는 꽃이다. 그러므로 맨땅, 즉 노지(露地)에서는 잘 자라지 않는다. 그런데 우리 문학관 자란만은 예외다. 처음 이 꽃을 좋아해서 한두 뿌리 사다가 심었는데 이제는 아주 많은 꽃들로 번져 군락(群落)을 이루고 있다. 특히 올해 자란이 아주 풍성하게 예쁘게 피었다.

꽃에게 여간 고마운 것이 아니다. 하기

는 나름대로 정성을 기울였다. 지난해 가을 웃자란 잔디를 깎고 나서 그 잔디 덤불을 이 자란 위에 덮어주어 겨울을 잘 견디게 해준 사람이 바로 나다. 그러므로 자란이 올해는 나에게 그 고마움의 표시로 이렇게 꽃을 예쁘게 풍성하게 마련해 보여준 것이리라.

지난해는 자란의 형편이 올해만 못했다. 봄이 오는가 싶을 때 서둘러 자란 위에 덮었던 잔디 덤불을 벗겨준 탓이다. 그리고 나서 며칠 뒤에 몰아친 매서운 꽃샘 추위가 자란의 싹을 얼게 한 까닭이다. 줄기의 형편도 좋지 않았고 꽃들도 제대로 피지 않았다.

그런 아픈 경험 때문에 올해는 날씨가 풀리고 봄의 기척이 느껴질 때도 자란 위에 덮어놓은 잔디 덤불을 치우지 않고 기다렸다. 기다림도 나름대로 힘이 필요하고 지혜가 필요하다. 그렇게 기다리고 살펴준 보람이 있어 올해의 자란은 보기 드물게 싱싱하고도 예쁘게 피어난 것이다.

자란은 나에게 '사랑'의 꽃이다. 왠지 모르게 사랑은 자란과 같이 그렇게 되어야 하지 않을까 생각이 든

다. 넓고도 싱그럽고 시원스러운 잎새가 그렇고, 그 잎
새들 사이로 솟아올라 조그맣지만 귀엽고도 당당하게
피어난 꽃송이가 그렇다. 그 모든 것이 사랑의 실체 같
고 사랑의 모습 같아 보인다.

그래서 그랬을까. 나는 풀꽃문학제를 맞아 시화전을
열 때 〈사랑에 답함〉이란 시의 배경으로 자란을 그려
넣어 시화를 만들기도 했다.

예쁘지 않은 것을 예쁘게
보아주는 것이 사랑이다

좋지 않은 것을 좋게
생각해 주는 것이 사랑이다

싫은 것도 잘 참아주면서
처음만 그런 것이 아니라

나중까지 아주 나중까지

그렇게 하는 것이 사랑이다.

― 나태주, 〈사랑에 답함〉 전문

나
비
가
없
다

　작년 봄에는 벌이 드물더니 올봄엔 나
비가 없다. 올해 봄이 새로 찾아온 다음 우
리 문학관 화단에서 나비를 본 기억이 거
의 없다. 한두 마리 보기나 했던가. 여하튼
나비를 본 기억이 흐리다. 봄이 오고 뜨락
에 꽃이 피면 제일 먼저 찾아오기 마련인
손님이 나비다. 그런데 그 손님이 찾아오
지 않는다는 건 작은 일 같지만 예사로운

일이 아니다.

대기가 변했나. 날씨가 변했나. 하기는 복숭아로 유명한 세종시의 과수원 농가 사람들이 그렇게도 잘 열리던 복숭아가 올해는 잘 열리지 않아 울상이다가 드디어는 복숭아 농장을 포기할까 말까 망설이는 중이라니 이건 나비의 문제만은 아닌 성싶다. 섬뜩한 느낌이 들고 슬그머니 겁이 나기도 한다.

내가 아는 한, 분명한 문제는 지난해 겨울 날씨가 유난히 추웠다는 것이다. 이상 기온이다, 이상 난동(暖冬)이다, 그러면서도 추울 때는 호되게 추운 것이 요즘 날씨. 식물이나 곤충에게도 분명히 나쁜 영향을 주었으리라. 게다가 꽃철에 유난히 추운 날씨가 며칠 계속되었다. 그 바람에 꽃들이 얼고 꽃을 찾아온 나비들이 모조리 얼어 죽은 건 아닐까. 이래저래 모든 생명체가 살아남기 어려운 세상이다.

하기는 몇 해 전까지만 해도 내가 사는 금학동 하늘에 높이 뜨던 명매기가 작년부터는 보이지 않는다. 명매기는 제빗과의 철새다. 보통 제비보다는 몸집이 크고 성격이 사나우며 제비처럼 흙을 물어다가 집을 짓는데 보통 제비와는 조금 다르게 짓는다. 개방형으로 짓지 않고 폐쇄형으로 짓는다. 둥그스름하고 길쭉한 항아리를 반쪽 잘라 붙인 것 같은 모양인데 집의 주둥이를 아주 작게 만들어 자기들만 겨우 드나들게 한다. 아마도 천적으로부터 새끼를 보호하기 위한 지혜에서 나온 결과이지 싶다.

여름날 한낮 비라도 소낙비가 내리고 맑게 갠 하늘로 명매기 몇 마리가 높이높이 뜨는 걸 우리 내외는 아파트 9층에서 바라보기를 참 즐거워하고 반가워했다. 아, 올해도 명매기가 우리 땅을 찾아와 어딘가에 저들의 집을 짓고 새끼를 쳐서 우리의 하늘을 나는구나! 그것은 눈물겹도록 고마운 일이었다.

올해는 그 명매기를 우리가 볼 수 있을 것인가. 걱정스러운 가운데 기대를 걸어보는 마음이다.

오늘은 오후 시간 내내 뜨락에서 꽃밭을 돌보는 일을 했다. 호미질을 하고 때로는 톱질도 하고…… 그러는데 어디선가 뻐꾸기 울음소리가 들렸다. 뻐꾸기는 대표적인 여름 철새. 조금 있으면 꾀꼬리 울음소리도 들릴 것인가. 이만큼만이라도 오늘은 위안을 삼을까 한다.

이런 골목길

    토요일인데도 문학관에 손님 맞을 일이 있어서 나로서는 조금 이른 시간 자전거를 타고 집을 나섰다. 자전거를 타면 우선 한가한 느낌이 있어서 좋다. 두리번두리번 세상 풍경을 구경하면서 천천히 앞으로 나갈 수 있어서 좋다.

    더욱이나 우리 집이 있는 금학동에서 풀꽃문학관을 향해 가는 길은 제민천을 따

라가는 내리막길이다. 내리막길이라 해도 아주 약하게 경사진 길이라서 어떤 때는 페달을 밟지 않아도 자전거가 앞으로 굴러가고 조금만 세게 밟아줘도 빠르게 나아가서 더욱 좋은 길이다.

일단은 제민천 길을 따라서 공주교육대학교 앞을 거쳐 공주고등학교 담장을 지나, 나는 곧잘 중학동 안길을 가기를 좋아한다. 그 길은 자동차가 다니는 신작로길이지만 주택가 사이로 난 길이라서 지나는 자동차가 드물고 또 자동차가 지난다 해도 지나는 사람에 대해서 주의를 기울이므로 자전거를 타고 다니기에 아주 적당한 길이다.

그뿐이 아니다. 이 길은 공주에서 가장 오래된 주택가이기 때문에 오가면서 볼 때 주변 집들의 풍경이 아주 평화롭고, 특히나 꽃을 기르는 집이 많아서 좋다. 그러기에 천천히 자전거 페달을 밟으면서 이 집 저 집 대문 앞이며 행길 가에 내놓은 화분에 심어진 꽃을 보는 재미가 여간 좋지 않다.

요즘은 봄꽃도 다 져버린 5월도 중순. 하지만 이 골목에 들어서기만 하면 아주 많은 꽃들을 볼 수 있다. 우선은 아이리스, 개양귀비, 수레국화, 서양병꽃, 함박꽃, 마거리트, 매발톱꽃, 초롱꽃, 낮달맞이꽃. 화분에, 쪼가리 땅에 비집어 심은 꽃도 있지만, 담장 너머 피어난 줄장미꽃이 또 한창이다.

사람이 살면서 이만한 호사가 그다지 많지 않다. 더구나 그 길을 가다가 만나는 한 사람에 대한 기억은 매우 소중하고 아름답다. 그분은 대통사지 당간지주 부근, 공주 제일감리교회 옆에 조그만 2층 건물을 지키며 사는 여자 노인인데 이 노인네가 여간 꽃을 좋아하는 게 아니다.

자기네 건물 모퉁이 아스팔트 길 여유 있는 공간에 흙을 모아 거기에 꽃밭을 조성하여 사철 꽃을 기르며 사는 분이다. 비록 몸은 늙고 행색은 허술하지만 꽃을 사랑하는 분이기에 마음만은 얼마나 풍성하고 부드럽고 따스한지 모른다. 언제든 꽃 얘기만 나오면 함박웃음으로 대화에 응한다. 묻지도 않는 말까지 이것저것 들려준다.

물론 꽃에 대한 이야기다. "꽃을 기르고 꽃과 함께 살다 보면 얼마나 행복한지 몰라요." 그분의 말이다. 겉으로 보기에 하나도 행복해 보일 것 같지 않은데 본인이 자기 입으로 '행복하다'고 말을 하면서 저절로 나오는 웃음을 짓는다. 그 얼굴이 또 꽃이 아닐 수 없다. 그분도 나이 든 분이니 여기저기 몸이 아플 것이다. 내 나이 78세인데도 안 아픈 곳 없이 아픈데 나보다 나이 많아 보이는 그분은 더 아픈 곳이 많을 것이다.

문제는 마음이다. 몸이 아무리 열악해지고 아프기까지 해도 마음으로 행복하고 편안하다고 생각하면 그렇게 되는 것이다. 그야말로 꽃이 주는 선물이고 긍정의 마음이 주는 축복이다. 비록 여러 가지로 번잡하게 힘들게 살아가더라도 나에게 이렇게 날마다 자전거를 타고 지나가는 골목길이 있고 그 골목길에서 만나는 정다운 이웃 한 사람이 있다는 건 더없이 고맙고 다행스러운 일이다.

문학관에 만나기로 약속된 손님이 미리 와서 기다리고 있을 것만 같아서 맘을 졸였지만, 나는 잠시 길가에 자전거를 받쳐놓고 그 아주머니와 이런저런 이야기를 나누는 짧은 시간의 낭만을 마다할 수 없었다. 그뿐만 아니라 이 집 저 집 두리번거리며 사진을 찍는 재미도 미룰 수가 없었다. 대문간에 항아리나 낡은 화분을 가져다 놓고 거기에 꽃을 심어 기르는 집이 있는가 하면, 담장 밑 빈터에 꽃을 심어 가꾸고 있는 집들도 있었다.

이 집 저 집 꽃구경을 하면서 내 눈에 매우 의미 있게 보이는 꽃이 있었다. 그 꽃은 수레국화꽃. 이 꽃을 내가 맨 처음 본 것은 초등학교 4학년 때쯤. 미국에서 온 구호물자 가운데 꽃씨도 있었는데 그 꽃씨 가운데 하나가 바로 수레국화였다. 그것도 파란색 꽃이었다. 나는 그 꽃을 볼 때마다 참 예쁘고도 신기한 꽃도 다 있구나, 그런 생각을 했던 기억이 난다.

그래서 나는 지금도 파란색 꽃을 유난히 좋아하는지 모르겠다. 어쨌든 공주에 이런 골목길이 있어서 나는 좋다. 내일도 자전거를 타고 그 길을 지나 문학관으로 갈 수 있다는 것이 오늘은 이만치 나에게 하나의 희망 같은 것이다. 이 또한 고마운 일이 아니겠는가.

내처 자전거를 타고 오다가 보면 공주사대 부설고등학교 앞에 있는 세븐일레븐 가게 앞을 지나게 된다. 직각으로 꺾이는 길가에 있는 가게다. 이 가게 여자 주인이 또 꽃을 좋아하는 분이다. 가게 앞을 지나면서 대번에 느낄 수 있다.

철 따라 새로운 꽃을 마련하여 가게 앞 화단에 기른다. 어찌나 애지중지 기르는지 마치 어린 아기 기르는 것처럼 기른다. 아침 시간 지나다 보면 어김없이 화분

과 꽃에 물이 주어져 있음은 물론이다. 요즘은 데이지 꽃을 색색으로 구비해서 화분에 기르고 있고 기왕에 기르던 꽃기린이나 팔손이, 알로에, 다육식물도 몇 가지 가게 앞에 나와 있음을 본다.

하지만 내가 주목하는 꽃은 보도블록 틈새에 난 검은색 매발톱꽃 한 송이와 가게 앞 가로수 밑에 난 씀바귀꽃 한 포기다. 특히, 씀바귀꽃. 그냥 뽑아버리면 되는 잡초 가운데 잡초다. 그러나 이 가게 여주인에게는 절대로 그렇지 않다. 누군가 그 씀바귀꽃을 뽑으려고 하는 걸 보고 화들짝 놀라 호통치면서 만류했다고 한다. 그러면서 물을 주어서 길렀다.

얼마나 호품스럽고 의젓한지 모른다. 아무리 하찮은 식물이지만 사람이 사랑을 주면서 아껴주고 관심을 주면 이렇게 예쁘게 당당하게 피어난다는 것을 오늘도 나는 천천히 자전거를 타고 가면서 배우곤 한다.

귀하신 손님

요즘은 모란꽃도 진 지 오래, 함박꽃의 계절이고 또 붓꽃의 계절이다. 올해 새롭게 꽃밭을 정리하여 꽃들을 종류대로 모아서 심었기 때문에 문학관 후원 처마 밑은 온통 붓꽃의 세상이다. 군청색 꽃들이 무리 지어 피어 있어 마치 심해선 밖 바닷물이 몰려온 듯 출렁대고 있다.

문학관에 나가기만 하면 우선 작업복으

로 갈아입고 뜨락으로 나가 꽃을 돌보는 일을 한다. 멀리 붓꽃을 바라보면서 나도 붓꽃을 따라 출렁거려 보는 마음이 즐겁기도 하거니와 요즘이 꽃나무들을 옮겨 심는 시기로서 거의 마지막 시기이기 때문에 할 일이 많다.

이것도 실은 내가 그동안 모르고 있던 일인데 꽃나무들도 옮겨 심는 시기가 따로 있다고 한다. 그것은 흙의 온도와 관계있는 일로서 흙의 온도가 높을 때 꽃나무를 옮겨 심으면 안 된다고 한다. 일단 꽃나무를 뽑아서 옮겨 심으면 꽃나무들도 잠시 쉰다고 한다.

그것을 꽃나무 기르는 사람들은 '꽃이 잠을 잔다'고 말하는데, 그렇게 잠을 잘 때 흙의 온도가 높으면 뿌리가 썩어버리고 그러는 바람에 꽃나무가 죽게 된다는 것이다. 참 이런 일만 보아도 우리가 모르고 사는 일이 많고 자연의 일이 오묘하기 그지없다.

문학관 뜨락 여기저기 흩어진 꽃들을 찾아내어 제자리를 잡아 심어주는 일을 하다가 이제 그만해야겠다 싶어 수도가 있는 곳으로 가서 장갑을 벗고 장화를 닦을 때였다. 바쁘게 움직이느라 몰랐는데 물을 담은 함지에 무언가 벌레 한 마리 떠 있는 게 보였다.

무얼까? 눈여겨보니 그것은 꿀벌 한 마리였다. 아, 그렇게도 보이지 않던 벌이 물에 빠져 있네! 아마도 목이 말라 물을 먹으러 왔다가 물에 빠진 모양이다. 아니면 내가 잘못해서 물에 빠트렸는지도 모를 일이다. 나는 하던 일을 멈추고 벌을 조심스럽게 건져내어 꽃밭 옆 돌 위에 놓았다.

벌은 한동안 물에 젖어 버둥거리기만 할 뿐 제대로 일어나지를 못했다. 한동안 기다리다 보니 제힘으로 일어나서 조금씩 기어가기 시작했다. 이젠 됐다. 날개만 마르면 날아서 제 갈 길을 가겠지. 손을 씻고 방으로 들어와 나는 카메라를 들고 나가 그 꿀벌을 사진에 담았다. 아, 귀하신 손님이 이렇게 오셨구나. 마음속으로 문장 하나가 떠올랐다.

올해따라 여러 가지 꽃들이 가득 피었는데도 벌 한 마리 오지 않고 나비 한 마리 날지 않는 우리 문학관 정원은 적막하다 못해 섬뜩한 느낌이다. 사람 세상이 변하더니 자연의 나라까지 변해버렸는가. 더럭 겁이 난다. 꽃이 피기만 하면 벌들이 찾아와 닝닝거리던 예전의 그 뜨락이 그립고도 그립다.

이것도 꽃이다

— 안개초

잘 보이지 않을지 모르겠다. 가들가들 가늘고도 여린 초록의 줄기 끝에 아주 조그만 흐릿한 꽃송이들. 저런 것도 꽃이라고 할 수 있나, 생각하는 사람도 있을 것이다. 그야말로 '자세히 보아야'만 보이는 꽃이다. 그렇다. 이것도 꽃은 꽃이다.

이름하여 안개꽃. 꽃집에서 꽃다발을 만들 때 꽃을 돋보이게 배경으로 받쳐서 묶

어주는 그 안개꽃과 같은 꽃인지는 모르겠지만 사람들이 안개꽃이라 부르니 나도 안개꽃이라 부른다.

몇 해 전부터 이 꽃들이 우리 문학관 뜨락에 와서 살기 시작했다. 어느 해 누군가가 한두 포기 아주 조그만 꽃모종을 가져다 심어주었으리라. 그 뒤로 이 꽃의 후손들이 대를 이어 문학관 뜨락을 저들의 고향 삼아서 살고 있다.

일부러 씨앗을 받아두었다가 심는 것도 아니다. 그

냥 저들대로 피었다가 지는 대로 내버려두면 그다음 해 제 어미 꽃이 피었던 자리 부근에 애기 꽃들이 싹을 터서 다시 어른 꽃으로 자라 꽃을 피우는 것이다. 그런 생명의 연결고리가 여간 고맙고 안쓰러운 것이 아니다.

올해도 어김없이 안개꽃이 꽃밭 여기저기에 새싹을 틔웠다. 더러는 디딤돌 사이, 틈바구니에서도 새싹을 밀어 올렸다. 그걸 내가 하나씩 모종삽으로 옮겨다 심어서 이만큼 무더기로 자랐다. 아, 올해도 내가 안개꽃을 보는구나. 그것도 조그만 감동이고 고마움이고 따스함이고 기쁨이다.

언뜻 스쳐 지나는 사람은 모를 것이다. 설마 저런 것이 꽃이란 말인가! 그렇다. 꽃으로 보는 사람에겐 꽃이고 잡풀로 보는 사람에겐 그냥 잡풀일 뿐이다. 하지만 이 얼마나 가엾고도 어여쁘고도 슬픈 꽃인가! 나는 올해도 이 안개꽃을 보면서 내 마음속 남은 생명의 기쁨, 흐릿하지만 분명한 사랑의 느낌과 조우할 것이다.

어느새 올해도 이렇게 많이 시간이 흐
르고 흘렀나. 벌써 6월, 오늘이 첫 주 일요
일. 교회에 가려고 아내와 함께 큰길가에
나왔다. 내가 사는 공주시 금학동, 대일아
파트 3동에서 금학동주민자치센터, 그러
니까 옛날 금학동사무소를 지나쳐 조금
만 나가면 자동차가 오가는 큰 도로가 나
온다.

거기에는 시내버스를 기다리는 간이 정류소가 있다. 잠시 앉아 있을 몇 개의 의자가 있고 그 의자 주변으로 비가림막이 세워져 있다. 거기서 기다리다 보면 우리 교회 버스가 와서 우리 내외를 싣고 가게 되어 있다. 버릇처럼 아내는 간이 정류소 의자에 앉고 나는 그 주변을 서성였다.

간이 정류소 옆에는 몇 그루의 나무가 서 있다. 산수유나무 몇 그루. 그리고 단풍나무 몇 그루. 산수유나무와 단풍나무 사이 그늘에 무심히 서 있는데 눈에 띄는 것이 있었다. 바로 단풍나무 씨앗이었다. 단풍나무 씨앗은 매우 특별하게 생겼다. 마치 아이들 장난감인 바람개비처럼 생겼다.

양쪽으로 둥그스름한 날개가 길쭉하게 뻗었고, 그 가운데 부분에 볼록하니 씨앗이 들어 있다. 그래서 이름이 시과(翅果)다. 날개 시(翅)에 과일 과(果). '날개 달린 씨앗'이란 뜻이다. 왜 그럴까? 가을에 씨앗이 익어 땅에 떨어질 때 바람에 불려서 될수록 멀리까지 가게 하기 위한 장치로 그리된 것이다.

실지로 나는 단풍나무 씨앗이 바람에 불려 멀리까지 날아가는 걸 목격한 일이 있다. 2007년도 가을쯤이었을 것이다. 큰 병을 앓고 교직에서 정년 퇴임을 하고 집에서 쉴 때. 자전거나 시내버스를 타고 이곳저곳 다니면서 공주의 경치를 사진 찍던 시절이었다.

바로 그런 가운데 어느 한 날, 나는 계룡산 서쪽에 있는 갑사 풍경을 사진기에 담고 신작로 쪽으로 걸어 내려오고 있었다. 날은 어둡고 하늘에는 구름이 끼고 바람까지 몹시 부는 날이었다. 늦은 가을 날씨로 전형적인 그런 날. 갑자기 바람이 강하게 불었다. 그때 가로수에서 쏟아져 내리는 것이 있었다.

바로 단풍나무 씨앗, 시과였다. 단풍나무 씨앗들은 강한 바람에 불려 곡선으로 춤을 추면서 출렁출렁 하늘 속을 헤엄치듯 날아, 멀리멀리 날아가고 있었다. 그것은 장관이었다. 마치 조그만 바람개비들의 군무(群舞)처럼 보였다. 한동안 서서 나는 그 모습을 바라보고 또 바라보았다.

아, 저것이 생명의 힘이고 생명 가진 것들의 소망이

구나! 그 시절 나는 몸이 많이 부실하여 걷는 것조차 조금은 불편하고 발길이 헛디뎌지는 사람이었다. 바람에 날려 춤을 추면서 멀리 허공을 날아가는 단풍나무 씨앗, 시과들을 보면서 마음속으로 나는 다짐을 하고 있었다.

그래 살아보자. 나도 살아보는 거야. 내가 평소 좋아하는 대로 프랑스 시인 폴 발레리란 사람의 시에 이런 구절이 있지 않은가! '바람이 분다, 살아보자.' 이 얼마나 눈부신 생명의 찬가인가? 그때처럼 내가 진지하게 살고 싶은 마음이 든 때가 없었다.

바로 그 단풍나무 씨앗, 시과가 내 눈앞에 있었다. 바람이 불 때마다 흔들리는 가지와 잎새를 따라 단풍나무 씨앗도 출렁출렁 춤을 추고 있었다. 다시금 이 단풍나무 씨앗은 나에게 생명의 충고를 준다. 힘들어도 살아보자. 살아지는 삶이 아니고 그냥 사는 삶도 아니고 살아내는 삶을 살자. 억지로라도 살아보자. 그러다 보면 좋은 일이 있고 종점에 이르기도 하겠지.

올해도 가을이 오면 다시금 교회 버스를 기다리는

어느 일요일, 이 자리에 다시 와서 한 해의 목숨을 잘 살고 나무에서 떨어져 바람에 불려 가는 단풍나무 씨앗을 바라보게 될 것이다. 그래, 그때까지만이라도 씩씩하게 잘 견뎌보는 거야. 단풍나무 씨앗이 나에게 삶의 용기를 선물한다.

*

시과에 대한 국어사전 설명은 다음과 같다.

'열매의 껍질이 얇은 막 모양으로 돌출하여 날개를 이루어 바람을 타고 멀리 날아 흩어지는 열매. 단풍나무의 열매, 물푸레나무의 열매, 복장나무의 열매, 신나무의 열매 따위이다.'

개구리를 만났다

우리 문학관에서는 농약이나 살충제 같은 약품을 제한적으로 사용하고 있다. 그것이 내 뜻이기도 하고 문학관을 함께 가꾸는 사람들의 뜻이기도 하다. 그래서 여름이면 풀밭에 방아깨비나 여치나 귀뚜라미, 사마귀 같은 곤충들이 많이 산다. 다만 모기가 다른 곳보다 많아서 귀찮기는 하지만 말이다.

오늘 나는 오전 내내 큰맘 먹고 꽃밭에 난 잡초를 뽑아주며 시간을 보냈다. 내가 생각한 만큼 잡초를 거의 다 뽑아주고 일을 마칠 때쯤 문학관 직원 한 팀장이 몇 군데 꽃에 살충제를 뿌려주는 게 보였다. 며칠 전부터 백합꽃에 낀 진딧물과 찔레나무에 생긴 벌레를 없애야겠다고 서로 이야기한 적이 있었기 때문이다.

작업은 단순해 보였다. 우선 살충제를 물에 희석하여 분무기에 넣고 필요한 꽃들을 찾아 그 물을 뿌려주는 일로 이내 끝나는 성싶었다. 그런데 사용하고 남은 약을 버릴 때 문제가 생겼다. 한 팀장은 무심코 그 물을 수돗가 하수구에 버리려고 했던 모양이다. 그런데 한 팀장이 상당히 세심한 성격을 지닌 사람이다.

정작 분부기에 남은 살충제 액을 버리려고 수돗가 하수구를 들여다보았을 때 거기서 개구리 한 마리를 발견한 것이다. "어, 여기 개구리가 있네. 이걸 여기다 버리면 안 되겠네." 한 팀장의 말에 문학관 식구들이 모여들었다. 지연이가 와서 보고 연 선생도 와서 보았다. 나도 덩달아 가서 보았음은 물론이다.

정말로 개구리 한 마리가 수채의 물 위에 떠서 멀뚱한 눈을 뜨고 위를 바라보고 있었다. 녀석은 사람의 기척을 느끼고서도 굳이 숨으려고 하지 않았다. 하기는 수채의 공간이 너무 좁아서 숨고 말고 그럴 여지도 없었겠지. 나는 속으로 쾌재를 부르고 싶었다. 와, 우리 문학관에 개구리가 살고 있단다!

이 녀석이 지난봄에 꽃밭을 매다가 본 그 개구리인지는 모른다. 아무래도 그 개구리와는 종류가 다른 개구리 같아 보였다. 아무튼 좋다. 우리 문학관에 개구리가 살고 있다는 건 매우 기쁜 일이고 반가운 일이다. 그만큼 자연의 조화가 깨지지 않았고 그만큼 오염이 덜 된 증거가 될 테니까 말이다.

사용하고 난 분무기의 살충제를 무심히 버리지 않고 우선 수채의 물을 살피고 개구리를 찾아낸 한 팀장에게 고맙다. 부디 개구리가 오랫동안 우리 문학관에서 살아주기를 바라는 마음이다.

능
소
화

　다투듯 봄꽃들이 피었다 서둘러서 지고
초록 잎새가 나오기 시작하면 어느새 금
방 여름이다. 그만큼 봄이 짧아지고 가을
이 짧아진 탓이다. 그야말로 봄은 꽃들의
잔치, 꽃들의 폭포. 그렇게 봄이 물러가고
여름이 와서 여름꽃이 피려면 시간이 조
금 필요하다. 그래서 봄과 여름 사이의 정
원은 잠시 소강상태가 되고 고요한 시간

이 머문다.

 그런데 꽃이 드문 그 초여름에 피는 꽃이 있다. 바로 수국과 능소화. 우리 문학관에서 수국은 아직 볼 만한 꽃이 아니다. 여기저기 흩어져 있던 꽃을 올봄에 한 구역에 몰아 심어 수국 정원을 만들긴 했으나 수국이 뿌리를 잡지 못해 부스스하니 볼품이 없다. 다만 해마다 그 적막한 초여름에 꽃잔치를 보여주는 꽃이 능소화다.

우리 문학관 능소화는 별난 능소화다. 두 그루가 있는데, 옆집과 경계인 시멘트 담장 사이에 끼어서 자라고 있다. 한 그루는 옆집 마당에 뿌리를 둔 녀석인데 줄기를 우리 쪽으로 뚫고 나와 자라는 녀석이고, 또 한 그루는 아예 담장 가운데 틈에서 솟아서 자란 녀석이다. 두고두고 볼수록 기이한 녀석들이다. 오고 가며 보는 관광객들도 그렇다고 입을 모은다.

능소화 두 그루가 재래종이라 이파리가 단정하니 잘생겼고 꽃송이 빛깔도 곱고 꽃의 모양도 예쁘다. 주황빛 꽃송이가 무엇인가를 애타게 그리워하는 모습으로 입을 벌리며 조롱조롱 피어나 가는 줄기 끝에 매달린다. 바라보기만 해도 환한 느낌이 화다닥 다가온다. 능소화꽃이 피면 얼마나 많은 시간 나는 이 꽃나무 아래 서성였고, 또 얼마나 여러 차례 이 나무 아래 발길 머물러 서야만 했던가.

꽃이 필 때는 반가워서 울고 싶고 꽃이 질 때는 섭섭해서 울고 싶어진다. 아, 또다시 능소화꽃이 우리 곁으로 돌아왔구나. 그런 생각만으로도 목이 멘다. 살아 있는 목숨. 함께 살아 있는 목숨의 고마움이여. 능소화가 피어 있는 기간은 즐거운 일 없이도 즐거운 마음이 이어진다. 나는 오늘도 능소화꽃을 보러 간다! 그러면서 문학관에 나간다. 그 발길이 여간 가볍고 싱그러운 게 아니다.

능소화꽃은 비교적 개화 기간이 길다. 여러 송이가 한꺼번에 피는 게 아니라 먼저 자라 꽃 필 준비가 된 꽃송이가 먼저 피고 나중 자란 꽃송이들이 이어서 꽃을 피워주니까 그런 것이다. 그런 점에서는 목백일홍(木百日紅)과 비슷하다. 일단 꽃송이가 며칠간 입을 벌린 채 줄기 끝에 매달려 있다가 때가 되면 한 송이씩 꽃송이가 땅으로 내려앉는다. 능소화꽃은 종 모양의 꽃이므로 송이째 뚝 떨어진다. 그 느낌이 써늘하고 처연하다. 한 송이 한 송이 떨어질 때마다 마음속에서 아, 하는 소리가 들리는 듯싶다. 그러다가 나중에는 무리 지어 꽃송이가 진다. 가슴이 아예 무너져 내리고 만다.

무더기 무더기로 지는 꽃송이들. 땅바닥에 내려앉은

꽃송이도 여전히 주황빛 그대로 선명한 빛깔이다. 차마 밟을 수 없어 꽃송이를 비켜 딛고 그러다가 나중에 비를 들고 쓸 때는 가슴이 아뜩해진다. 아, 이렇게 올해도 능소화 꽃철이 지나가는구나. 이 꽃들을 다시 만나려면 다시금 한 해를 씩씩하게 견디고 버텨야만 하겠구나. 삶의 결의를 세우게도 된다.

능소화꽃은 나름대로 전설을 지닌 꽃이다. 궁중에서 임금님의 사랑을 받지 못한 궁녀가 담장 위에서 궁궐 밖 세상을 바라보다가 세상을 뜬 다음, 꽃으로 바뀌어 태어난 것이라고 사람들은 전한다. 예전엔 양반댁 정원에만 심었다 해서 '양반꽃'이라 불리기도 했다 한다. 꽃가루에 독이 있어 꽃을 만지고 눈을 비비면 눈병이 생기는 꽃이라고도 말을 한다.

유독 우리 문학관의 능소화를 좋아하는 한 중년의 아낙이 있다. 그 아낙은 복수초나 깽깽이풀이 피는 이른 봄에도 문학관을 찾지만 능소화꽃이 피는 초여름에도 문학관을 찾아온다. 올 때마다 고운 옷차림과 화사한 웃음을 데리고 온다. 능소화 꽃나무 아래 서 있는 아낙을 보면 꽃과 사람이 하나가 되어 꽃이 사람인지 사람이 꽃인지 분간이 안 될 때가 있다.

올해도 능소화꽃 가늘게 늘어진 줄기에 초록색 잎새가 달리고 꽃송이 또한 아주 많이 달렸다. 꽃 필 준비가 되어 있는 것이다. 드디어 능소화꽃이 피는 날이면 날씨는 조금 더 더워지고, 하늘에는 먹구름이 더욱 자주 지나가고, 그리운 마음 또한 멀리멀리 떠나가겠지. 그런 날이면 나는 그 아낙에게 서둘러 전화를 걸 것이다. 올해도 능소화꽃이 피었노라고!

꽃 지고

우네

꽃 진 자리

꽃그늘 아래

우네

사랑 떠나고

우네

혼자 남아

빈 의자

우네

그대 다시

이 자리

돌아올 날

믿어도

좋을까?

꽃이

진 자리

다시 꽃 필 날

기다려도

좋을까?

— 나태주, 〈능소화 아래〉 전문

이 풀은 참 특별하면서 사람을 힘들게 고달프게 하는 풀이다. 어성초(魚腥草). 이름부터가 특별하다. 물고기 어(魚)에 비릴 성(腥), 그리고 풀 초(草). 그러니까 '물고기 비린내가 나는 풀'이란 뜻이다. 정말로 이 풀의 잎새나 줄기나 뿌리를 만지면 물고기 비린내 같은 고약한 냄새가 난다.

처음 나는 이 풀을 잘 알지 못했다. 문학

관 정원을 조성하면서 어느 집에선가 유심히 보고 그런대로 꽃이 예쁘구나 싶어서 한두 뿌리 얻어다 심기도 했고, 집 둘레에 지네가 자주 출몰하므로 지네를 물리치기 위해서 심기도 했을 것이다.

그런데 아뿔싸, 그것은 커다란 실수였다. 한두 군데 몇 뿌리씩 심었는데 그 한두 뿌리가 온 꽃밭을 점령하려 드는 것이었다. 우선 뿌리를 아주 깊숙이 내린다. 그런 뒤로는 그 뿌리를 옆으로 뻗으면서 거기서 줄기를 뽑아 올린다. 여간해서는 제거가 되지 않는다. 조그만 뿌리 도막이라도 살짝 남기면 거기서 새로운 줄기를 뽑아 올리고 잎새를 피운다.

참으로 생명력과 번식력이 강한 풀이다. 그러기에 잘못 심었다 말하고 실수로 심었다고 말하는 것이다. 실은 이 풀은 그냥 풀이 아니고 약용식물이다. 그건 국어사전 풀이만 들어봐도 충분하다. '삼백초과에 속한 약모밀의 생약명. 지상부를 약용하며 정유 성분이 풍부하여 생선 비린내가 난다. 데카노일 아세트알데하이드 따위를 함유하며 종기, 절상, 피부병 따위에 쓰

인다.'

최근에는 탈모 방지 약용으로도 이용되고 있다. 한 의사 처방에 의하면 어성초와 자소엽과 녹차 잎새를 1 대 1 비율로 섞어서 과일주 담그는 용도로 쓰이는 소주에 한두 달 담갔다가 거기서 우러난 용액을 스프레이에 담아서 머리에 뿌리면 머리 가려움증도 사라지고 탈모 방지에도 도움이 된다 그런다.

실은 나도 그런 용도로 심었는데, 이제는 이 풀을 문학관 정원에서 어떻게 하면 내쫓아 버리나 하는 게 아주 중요한 과업이 되었다. 하지만 나는 문학관의 한 부분에만은 이 풀이 자라도록 허용하려고 한다. 바로 바깥 화장실 가는 통로 쪽 처마 밑이다. 거기에 몇 뿌리 심었는데 이제는 군집을 이루고 제법 보기 좋은 모습을 보이고 있다.

어성초도 꽃으로 보면 꽃이다. 꽃이 피는 철이면 조그맣지만 새하얀 꽃이 피는 것이 여간 귀여운 게 아니다. 개구쟁이 아이가 세모눈을 뜨고 수풀 속에 숨어서 이쪽을 바라보는 것처럼 보인다.

어성초야, 미안하구나. 일부러 심어놓고 이제는 미워하고 쫓아내려고 그래서 말이다.

으
아
리

으아리. 꽃 이름이다. 얼핏 낯설다는 느
낌이 들 것이지만 야산에서 저절로 자라
는 토종의 식물이고 꽃 이름이다. 잎새는
식용이고 뿌리는 약용이란다. 보통의 꽃
은 흰색이고 분홍이지만 나는 푸른색 계
통을 좋아해서 진한 남빛 색깔의 꽃을 심
었다. 작년의 일이다.

공주 장날 제민천 다리목에서 꽃전을

펼친 꽃 장수한테서 사다가 문학관 들어오는 입구 언덕의 화단 소나무 밑에 심었다. 으아리는 덩굴 식물이므로 무언가 튼튼한 지지대를 타고 올라가면서 자란다. 내 딴에는 소나무를 타고 올라가면서 자라라고 그렇게 한 것이다.

문학관에 으아리를 구해다 심은 것은 이 나무가 처음이 아니다. 여러 차례 이런저런 빛깔의 꽃을 구해다 심었는데 모두 다 실패하고 오직 이 나무만 성공했다.

이 나무 역시 심으면서 줄기가 꺾이고 봄에 새싹이 날 때도 시원찮았는데 내가 거름을 주고 물을 주고 그래 꽃을 피운 것이다. 그러니까 으아리 스스로 좋아서 저절로 꽃을 피웠다기보다는 사람의 강요에 못 이겨 억지로 마지못해 꽃을 피워주었다고 말하는 편이 적절할 것이다.

으아리는 본래 6, 7월에 피는 여름꽃이다. 그러나 역시 기후 변화로 주변의 으아리들은 벌써 지난 5월에 모두 꽃을 피웠다 지고 말았다. 오늘이 6월 13일. 우리 문학관 으아리는 제철에 피는 꽃이지만 또래들로 봐서는 지각생으로 피는 꽃이다.

어쨌든 좋다. 우리 문학관에서 으아리꽃을 보았다는 사실이 중요하다. 어쩜 저렇게 실같이 가늘고도 여린 줄기에서 저리 크고도 소담한 꽃이 피어날까? 자연의 섭리와 신비에 새삼 놀란다. 잠시 나는 이 으아리꽃을 보기 위해 문학관에 올 것이고 만나는 사람마다 '여기 좀 보세요, 으아리꽃이 폈어요', 자랑을 늘어놓을 것이다. 그러면서 잠시 잠시 행복감에 젖을 것이다.

보리수나무

우리 문학관에는 사람이 심지 않았는데 저절로 싹이 나서 자라는 나무가 여럿 있다. 우선 문학관 차방의 처마 밑에 와서 자라는 노간주나무가 그렇고 이 녀석 보리수나무가 그렇다. 나는 가끔, 나무나 꽃들도 사람이 살라는 자리에서는 살지 않고 제가 살고 싶은 자리를 골라서 산다는 말을 하는데 바로 이 보리수나무도 그런 나

무 가운데 하나다.

언제부터 이 나무가 여기 와서 자라기 시작했는지 모르고, 왜 여기에 이렇게 뿌리 내렸는지 나는 알지 못한다. 어느 날 문득 보니 이 나무가 여기에 있었고 그로부터 자라기 시작해서 이렇게 된 것이다. 우선 나무가 선 자리가 마땅치 않다. 문학관 뒤뜰의 축대 바로 옆이라 위태롭기까지 하다. 그래도 나무는 모른 척 태연하게 그 자리를 지키고 있다.

보리수나무. 어디서 많이 들어본 나무 이름이다. 석가모니 부처님이 득도(得道)할 때 도움을 주었다는 나무 이름이 보리수나무다. 하지만 이 나무는 그 보리수나무와는 다른 나무 같다. 부처님과 관계있는 나무는 따로 '인도 보리수나무'라고 부르는 교목(喬木)의 나무다. 우람하게 크게 자라는 나무란 뜻이다.

하지만 이 나무는 떨기나무, 관목(灌木)이다. 자라기는 해도 아주 크게는 자라지 않는다. 흔히 주변에서는 이 나무를 보리똥나무라 부르기도 한다. 나무에 열리는 붉고 둥근 열매를 빗대어 부르는 이름이다. 그 붉은 열매는 신맛이 들기는 하지만 제법 맛이 좋은 과일 노릇을 하기도 한다.

내가 어린 시절 외갓집에 살며 초등학교 다닐 때에도 외갓집 주변에 보리수나무가 있었다. 주로 울타리 나무로 심겨 있었다. 동네 아이들은 그 나무를 뽀로수나무라고 불렀다. 문학관 뒤뜰에 있는 보리수나무와는 달리 나무줄기가 가늘고 빨리 자라지 않았고 또 열매도 작고 많이 열리지 않았다. 그러나 열매의 맛이 아주 달고 좋았던 기억이다.

특히, 외갓집 마당 앞에 서 있던 한 그루 뽀로수나무가 기억에 남는다. 그 나무는 오래 자란 나무이지만 언덕의 땅 박토(薄土)에 뿌리 내려 자란 나무로 줄기는 비록 가늘지만 매우 질기고 단단한 나무였다. 게다가 생김새까지 구부러지고 꾸부정했다. 그렇지만 나는 그런 뽀로수나무가 마음에 들었다.

학교에 다녀와서 심심한 날이면 우선 책 보퉁이를 방에 들여놓고 그 나무 위에 올라타고 구르면서 놀았다. 말하자면 그 뽀로수나무가 나의 목마와 같은 역할을 했던 것이다. 그럴 때마다 외할머니는 조용한 목소리로 타이르시곤 했다. 얘야, 나무에서 떨어져 다칠라! 그러나 나는 그런 말씀은 들은 둥 만 둥 여전히 뽀로수 나무를 흔들며 놀곤 했다.

나중에 어른이 되어 다시 외갓집에 가서 그 나무를 볼 때 나무가 너무나 작고도 왜소해서 적이 놀라기도 했다. 아, 저렇게 작고도 가냘픈 나무였단 말인가! 저 나무가 내 몸뚱이를 통째로 제 몸 위에 얹어주었단 말인가! 나는 잠시 보리똥나무, 외갓집에서 만났던 그 나무와는 조금 다른 종류의 보리수나무 아래 서서 어린 시절로 돌아가 보는 한 아이가 된다.

전신주 아래

오늘은 일요일. 아침밥 먹으면서 잠시 아내와 이야기했다. 오늘 비가 올 것인가, 안 올 것인가. 아내는 온다고 했고 나는 오지 않는다고 했다. 오늘도 비가 오지 않으면 문학관 정원의 꽃들에게 물을 주어야 한다. 한동안 비가 뜸했기 때문에 문학관 꽃들이 목말라 있을 것이란 것을 짐작하기 때문이다.

그래서 이른 오전 시간, 문학관에 나가서 꽃과 나무들에게 골고루 물을 주었다. 세 시간쯤 그렇게 물을 주고 나서 일요일 근무 직원인 지연이가 출근하는 것을 보고 다시 자전거를 타고 집으로 돌아오던 길이다. 언제나 그런 것처럼 나는 대통사지 당간지주가 서 있는 도로길을 따라서 집으로 돌아오고 있었다.

그 길은 고즈넉하고 자동차가 잘 지나다니지 않을뿐더러 대문 부근이나 담장 아래 꽃을 키우는 집들이 많기에 그걸 건너다보며 오는 재미가 쏠쏠하기 때문이다. 꽃들은 날마다 변하고 사람의 마음도 날마다 변한다. 그것이 생명의 원리겠거니 생각하면서 이 집 저 집 꽃들을 살피면서 오던 길이었다.

어느 집 부근에선가 특별한 꽃밭을 만났다. 그것은 도로변 전신주 아래 흙을 모으고 돌로 둘레 담을 둘러만든 아주 조그만 미니 꽃밭이었다. 꽃도 대여섯 포기. 꽃잔디가 있고 피튜니아 싹이 몇 포기 심겨 있었다. 그 가운데 피튜니아 붉은 꽃송이 하나가 피어 있는 게 보였다. 나는 도저히 자전거 위에 그대로 앉아 있을 수가 없어 자전거에서 내려 그 꽃밭을 사진기에 담았다.

전신주 아래 초라하기 이를 데 없는 조그만 꽃밭. 하지만 그 꽃밭은 지극히 풍요롭고 만족스럽고 특별하고 아름다운 꽃밭이었다. 이렇게 조각 땅에 꽃밭을 만들어준 손길의 주인에게 감사드리고 싶은 마음이 솟았다. 꽃밭을 살피고 눈을 들었을 때 건너편 벽에 기대어 붉은색으로 피어 있는 꽃이 보였다.

이름하여 우산꽃. 세상 뜨신 어머니가 고향 집 뜨락에 심어놓고 기르시던 꽃. 꽃 이름도 어머니가 '우산꽃'이라고 그러셔도 나도 그러려니 알고 부르는 꽃이다. 그러고 보니 우산꽃은 나하고 어머니가 교감하는 거의 유일한 꽃인가 보다. 그러므로 우산꽃은 나에게 어머니의 꽃이기도 하다. 우산꽃 위로 전신주의 그림자가 흐릿하게 드리워져 있었다.

그들을 보고 나서 몇 발자국 옮기다가 그 집 모퉁이에서 플라워박스를 보았다. 꽃을 심어 그걸 허공에 매달아 놓고 키우는 화분. 1994년도 난생처음으로 떠난 유럽 여행길. 영국의 길거리에서 만나고서 놀라기도 하고 기껍기도 했던 그 플라워박스다. 플라워박스에는 베고니아꽃이 오보록이 피어 있었다. 베고니아 꽃말은 '짝사랑'. 그리고 '당신을 사랑합니다'.

집에 돌아와 간단히 샤워를 하고 교회에 다녀와 종일 낮잠도 자고 쉬면서 하루를 보냈다. 종일 먹구름이 하늘 가득 오가기도 했지만 비는 한 방울도 내리지 않았다. 이른 아침나절 문학관 꽃들에게 물을 준 일이 내내 잘한 일이구나 싶어 마음이 편안했다.

　언제나 버릇처럼 지나다니던 길이다. 내가 '대통사지 안길'이라 부르는 길. 길은 넓은데 차가 뜸해서 좋고 오가며 바라보는 풍경이 여유롭고 싱그러워 좋은 길. 교직을 그만두고 문화원장이 되어 공주문화원으로 출퇴근하면서 익힌 길이다. 내가 많이 좋아하는 길이다.

　오늘은 일요일. 요즘 며칠 가물어 문학

관 꽃밭에 물을 주기 위해 내 딴으로는 아침 일찍 일어나 자전거를 타고 문학관으로 향하고 있었다. 당연히 나의 자전거는 대통사지 안길로 굴러갔을 것이 뻔하다. 그렇게 지나가는데 어디선가 피아노 소리가 들려왔다.

학창 시절 공주에 와 살면서 제일로 특별했던 것은 공주의 골목길에서는 피아노 소리가 들린다는 것이었다. 언제부턴가 나는 길을 가다가 피아노 소리가 들리면 멈칫 그 자리에 발을 멈추는 버릇이 있다. 아, 이 피아노 소리. 이건 누군가 직접 연주하는 서툰 피아노 소리가 아니라 음반을 통해서 들리는 연주용 피아노 소리다.

어디서 나는 소릴까? 나는 피아노 소리가 나는 집을 찾았다. 아, 저 집. 저 집은 공주에 하나밖에 없는 노출콘크리트 집이다. 본래 저 자리에는 매우 낡고 작은 집이 한 채 있었는데 어느 날 누군가 집을 사서 헐고 그 자리에 노출콘크리트로 집을 새로 지었다.

처음부터 나는 그 집 주인에 대해 관심이 있었다. 어

느 날 나는 그 집의 주인이 혼자 사는 중년 아낙이라는 걸 알았다. 늦은 퇴근길 집주인이 화단 일을 하거나 화단의 꽃들에게 물을 줄 때는 자전거를 멈춰놓고 한동안 이야기를 나누면서 친해졌다. 바로 그 집에서 여자 주인이 아침 일찍 잠에서 깨어 피아노 연주를 듣고 있는 것이다.

실은 한두 번 그 여자 주인과 친분 있는 지인의 안내를 받아 그 집의 실내를 구경한 일도 있다. 자그만 2층인데 집의 구조가 아주 특별했다. 아래층은 통으로 차 마시는 방으로 되어 있다. 들어보니 그 여자 주인은 차에 대한 전문가이기도 하고 차 선생으로도 활동한다고 했다.

여하튼 참 특별하게 사는 여성이다. 오로지 자기 삶은 자기 뜻대로, 자기가 살고 싶은 대로, 자기가 하고 싶은 일을 하면서 사는 여성이다. 자유로우면서도 자기다운 삶을 정성껏 가꾸면서 살아가는 여성이다. 참 이런 사람의 삶도 나쁘지 않을 것이란 생각을 자주 해보았다. 그러면서 이 사람이야말로 진정으로 용기 있는 사람이 아닌가 생각해 보았다.

다른 날 같은 때는 무심히 지나치던 길인데 피아노 소리 때문에 자전거를 멈췄고 자전거에서 내린 나는 그 집을 유심한 눈으로 살펴보았다. 집 앞에 자동차가 서 있다는 건 집주인이 집 안에 있다는 신호다. 쪽대문의 고리도 풀려 있다. 이 역시 집 주인이 안에 있다는 증거다.

무심히 바라보던 때와는 달리, 발을 멈추고 마음을 멈추고 살펴보니 그 여자네 집은 집 자체도 특별하거니와 집 둘레 조그만 정원이며 정원의 나무며 꾸밈새가 특별했다. 대문간 가까이 우뚝하니 서 있는 한 그루 나무는 화살나무이고, 그 옆으로는 차나무가 심겨 있고, 또 그 옆으로 지다 만 유카 꽃대가 있고, 그 옆으로는 조그만 오솔길이 나 있다.

어떻게 이 좁은 공간을 이렇게 아기자기하면서도 예쁘게 여유로운 모습으로 꾸며놓았을까? 주인의 안목과 그동안의 수고로움을 짐작할 만하겠다. 오른쪽 돌 덤불 너머로 본 풍경이 더욱 감동적이다. 여성용 자

전거 한 대가 한가롭게 세워져 있는 공간 주변으로 온
통 꽃이다. 목수국도 보이고 키가 크고 새하얀 꽃도
보인다.

　나는 더는 참지 못하고 집주인 여자의 전화번호를
찾아서 전화를 건다. 이른 아침 시간, 뜬금없이 걸려
온 외간 남자의 전화인데도 스스럼없이 전화에 응대
해 준다. 차분하고도 맑은 음성. 집주인의 말에 의하면
정원의 공간이 비좁고 주변이 삭막해 깊은 산속 분위
기를 내려고 돌 덤불을 만들고 그 안에 목수국과 당근
꽃을 심었노란다.

　당근꽃이라? 당근꽃이 저랬던가? 모르겠다. 식물도
감에 나오는 궁궁이꽃과 비슷한데 집주인이 당근꽃이
라 말하니 당근꽃이라 믿어주자. 당근꽃은 아침 이슬
속에 새하얀 면사포로 얼굴을 가린 예식장의 어린 신
부처럼 정숙하면서도 단정한 모습으로 지나는 길손을
맞았다.

　나는 언젠가는 다시 한번 그 집에 가보고 싶다는 말
을 하면서 전화를 끊었다. 전화를 끊으며 출판사의 젊

은 여자 에디터들에게서 배운 말대로 인사를 했다. 오늘도 좋은 날 되세요. 다시 자전거를 타고 문학관 쪽으로 가는데 입 속에서 엷은 향내 같은 것이 번지는 듯싶었다. 문득 인생이 참으로 그윽하고도 아름답다는 생각을 해본다.

이제부터는 여름이다 — 부레옥잠

　　오늘은 재수가 좋은 날이다. 문학관 화단에 물을 주고 집으로 돌아오면서 제민천 가 공주고등학교 앞길에서 물옥잠을 보았다. 누구네 집인가, 가정집 문 앞 출입구 옆에 돌절구를 놓고 거기에 물을 담아 키우는 부레옥잠이 꽃을 피운 것이다.

　　꽃은 딱 한 송이. 연한 보랏빛 꽃송이가 여간 예쁜 게 아니다. 참 오랜만에 만나는

부레옥잠이다. 예전 내가 초등학교 선생으로 일할 때
는 학교 교실의 수조에 이 녀석들을 가져다 기르기도
했는데 요즘엔 통 보기 힘든 식물이다.

우선 옥잠화이다. 넓은 이파리에 새하얀 꽃이 피는
꽃. 꽃의 모양이 옥으로 빚은 새하얀 비녀 같다고 해서
옥잠화이다. 그리고 물옥잠이다. 옥잠화와 비슷한데
물에서 뿌리 내려 산다 해서 물옥잠이다. 이렇게 옥잠
화 → 물옥잠 → 부레옥잠, 세 단계를 거쳐서 부레옥잠

이다.

　이름이 또 그렇다. 부레옥잠. '부레'란 말이 낯설 것이다. 간단히 말해서 부레는 '공기주머니'다. 주로 물고기의 배 안에 있는 기관인데 공기를 담아두었다가 그것을 조정하여 물고기가 물 위로 뜨기도 하고 가라앉기도 한다.

　그런 부레가 있는 옥잠화가 바로 부레옥잠이다. 당연히 물 위에 떠서 자란다. 비교적 기다란 잎자루가 비어 있어 거기에 공기가 차면 식물 자체가 물 위로 떠서 자란다. 처음 볼 땐 신기하기까지 하다. 그러한 부레옥잠을 모처럼 만났으니 반갑지 않을 수 없다.

　부레옥잠은 한여름에 피는 꽃. 아, 그런데 오늘이 6월 18일. 벌써 여름인가? 그렇다. 자연은 정직하고 부레옥잠도 정직하다. 부레옥잠이 피었으므로 여름은 여름이다. 이걸 어쩌면 좋을까? 올여름은 더욱 찜통이라는데 여름 강물을 건널 일이 너나없이 태산이겠다.

꽃이 사람이다

1판 1쇄 발행 2024년 1월 30일
1판 2쇄 발행 2024년 2월 14일

지은이 나태주
펴낸이 김성구

책임편집 고혁
콘텐츠본부 조은아 김초록 이은주
디자인 이영민
마케팅부 송영우 김나연 김지희 김하은
제작 어찬
관리 김지원 안웅기

펴낸곳 (주)샘터사
등록 2001년 10월 15일 제1－2923호
주소 서울시 종로구 창경궁로35길 26 2층 (03076)
전화 1877-8941 | 팩스 02-3672-1873
이메일 book@isamtoh.com | 홈페이지 www.isamtoh.com

©나태주, 2024, Printed in Korea.

ISBN 978-89-464-2265-0 03810

• 값은 뒤표지에 있습니다.
• 잘못 만들어진 책은 구입처에서 교환해 드립니다.

샘터 1% 나눔실천

샘터는 모든 책 인세의 1%를 '샘물통장' 기금으로 조성하여 매년 소외된 이웃에게
기부하고 있습니다. 2022년까지 약 1억 원을 기부하였으며, 앞으로도 샘터는
책을 통해 1% 나눔실천을 계속할 것입니다.